赋闲拾趣

双新胜 著

山西出版传媒集团
三晋出版社

图书在版编目（CIP）数据

赋闲拾趣／双新胜著 . —太原：三晋出版社，
2023.11
ISBN 978-7-5457-2822-4

Ⅰ . ①赋… Ⅱ . ①双… Ⅲ . ①诗词—作品集—中国—
当代 Ⅳ . ① I227

中国国家版本馆 CIP 数据核字（2023）第 233407 号

赋闲拾趣

著　　者：双新胜
责任编辑：朱慧峰

出 版 者：山西出版传媒集团·三晋出版社
地　　址：太原市建设南路 21 号
电　　话：0351 - 4956036（总编室）
　　　　　0351 - 4922203（印制部）
网　　址：http://www.sjcbs.cn

经 销 者：新华书店
承 印 者：山西新华印业有限公司

开　　本：880mm×1230mm　　1/32
印　　张：8.5　　彩页　8
字　　数：100 千字
版　　次：2023 年 11 月　第 1 版
印　　次：2024 年 3 月　第 1 次印刷
书　　号：ISBN 978-7-5457-2822-4
定　　价：56.00 元

如有印装质量问题，请与本社发行部联系　电话：0351-4922268

谨以此书献给

曾经搏击在改革开放洪流中的弄潮儿

——国画 飞虹——

"双飞碧水头，对语虹梁畔。"这是20世纪七八十年代公路上兴起的空腹式石拱桥，它与本书作者有着几十年的情缘，承载着无数人的记忆与梦想。

"续曲乡歌桑梓舞，真情民意雁书声。"蒲子文化宫（位于蒲县蒲城镇）外观借用了森林的意象，巧妙地赋予了该作品多元、包容、共享以及人与自然完美融合的独特意境。

——摄影　双塔凌霄——

这对犹如孪生的姊妹塔，与新建占地约1800亩的双塔公园浑然一体，被誉为太原新地标，城市会客厅！

——笔者全家作客这座城市快二十年了。

新加坡著名的五星级帆船酒店。坐拥标志性的顶楼无边游泳池与空中花园，可 360° 俯瞰整个狮城。（作者拍摄于 2019 年 1 月）

目　录

情感志趣编

工作学习编

家庭人文编

闲游心得编

精神家园里的深情歌吟（序）

——双新胜《赋闲拾趣》之品读

·张行健·

精神家园的寻找

2023年初夏的一缕阳光洒在你的脸上。

那是一张微笑着的白净平和的脸，虽也有尘世的沧桑，虽也有岁月皱褶，但在你内敛而含蓄的性情映显里，它们似乎悄然隐去了，让人寻觅到少年时执着内向的你；年轻时帅气作为的你；中年时柔韧大度的你；迈进人生秋季的这个门槛里家园笔耕的你……这是笔者在平仄跌宕的画廊里看到的一个真切实在的你；在清茶与醇酒的滋润之下骨子里坦荡本真的你，还有儿时潜意识里便自觉地寻找文学读物寻找精神家园的你……

　　我们这些五十年代末期出生的人，有谁没有遭遇那个欲说还休提及敏感的年代哪。贫穷、苍凉、封闭、落后，而饥饿如一条毒蛇又时时袭扰着缠绕着我们，食物的匮乏，使年少的你能在山坡野地遍寻可果腹可糊口的山菜野果，农人收割被遗留在地里的萝卜、土豆，白菜叶子，脸色菜青的你最不满足的是整本都是语录和政治口号的语文课本，它导致了你孩童知识面的贫乏，同时也刺激了你求知欲的强烈。流传和遗存在民间的许多文学书籍，成了你私下里最好的课外读物。在那个特殊的年代，只要是封面泛黄的书，都要被许多人视为黄色书籍，许多优秀的文学作品被打入另册，古老的线装书被视为洪水猛兽，被翻译成汉语的外国文学读本自然成了资产阶级的大小毒草。年少的你知难而上，求爷爷告奶奶，走亲戚串邻居，跑遍周边山村，动用你少年的人脉，力所能及地借来了一个少年眼里的好书，一个少年审美范畴之内的优秀读物。

　　那是许多动人的场景，还原一组组生动的画面：弯弯曲曲的山间小路上，身材还算丰腴的你如同一只小山羊，攀爬在山坡里，疾走在村路上，而肩上斜挎着的书包也随着小跑和跳跃的身子在欢快地蹦跳。无疑，书包里有了喜人的收获：

　　远房亲戚的家里，主人是一位资深的中学语文老师，也是民间传统中的书籍收藏者，你谦卑而礼貌地叫一声"表舅"，嗫嚅着说明了自己借书的来由。表舅的目光审视着你，居然盯视了许久。当他凭借自己丰富的人生经验和阅人无数的一双慧眼意外地读出一个孩童眼里强烈的求知渴望和真诚的阅读需求的时候，便慷慨大方又小心谨慎地打开他藏着的书箱，慎重地给你挑出几本适合你这个年龄段阅读的名著……几十年之后的今天在你认真忆及和娓娓叙述中，我们才知道那时借阅的居然是德国歌德的《少年维特之烦恼》、杨朔的《雪浪花》、冰心的《致小读者》，神奇的还有美国诗人惠特曼的《草叶集》，还有《唐诗宋词选读》……这些世界名著和国内某一时期某一阶段的优秀作品，开启了你的心智，拓展了你的视野，让你真正领略了文学的优美，感受到了文学无与伦比的魅力……之前，你借到什么看什么，分别阅读了《青春之歌》《林海雪原》《三家巷》《创业史》《红旗谱》《播火记》《晋阳秋》，当然也有《艳阳天》《金光大道》之类。这在一定程度上增长了你的社会知识，让你初步领略了社会政治风云在文学上淋漓尽致的表现。但真正撼动一颗少年心灵的，还是外来的和古典的经典诗作。

少年的功夫没有白费，少年的寻找还是有了着落——那就是你朦胧中的精神家园，是你尚不明确的心灵圣地，是影响你终身的博大丰富的精神财富。

精神家园的营造

当你同许多年轻人一样迈入社会门槛却依旧心事浩茫犹豫徘徊的时候，一个疾风骤雨、摧枯拉朽的变革时代来临了，你沐浴了时代变迁的春风，也被汹涌澎湃的时代洪流卷进社会的浪涛之中。工作、学习、进修、提高，你一刻也没有停止学习的脚步，无论是一个小小的科员，到掌管一个单位的局长，还是脱产学习的进修生，到领导岗位繁忙工作的你，都在认真地反省自己反思自我的同时，也结合自己的切实情况和客观条件，在诸多的文学体裁里选择最适合你的也是你最为喜欢的古体诗词作为自己的主打。不可否认，你自小喜欢中长篇小说的矛盾冲突、情节设置、人物塑造和整体的起伏跌宕，也喜欢散文的抒发性情，自由随意，大到家国情怀小到花鸟鱼虫无所不能。但是，你考量自己的标准是根据自己的文学气质、生活积累和多方制约的属于客体与个体的条件……在痛苦的抉择与取舍之后，你毅然选择了古代诗词的创作和磨砺。

你诚挚而真切地提到，衣食足，文化兴。人们追求高层次文化的需要和欲望日益迫切，对我而言，从走出校门到步入社会，所从事的工种与诗文根本不沾边不搭界。我缺乏的不仅仅是诗词格律的基础知识和与之关联的文学功底，在创作体验中，也曾经历了亦步亦趋和倏然顿悟。从强烈的创作冲动到进行文学的化学反应，化素材为题材，逐步学会把生活所遭遇所经历的许多事物由社会新闻和自然新闻的物理反应到经过纯文学的思考过滤转化为发酵之后的纯文学的品质。

疼、痛，并快乐着。你以款款的声调平缓地表述，我走过了一段力不从心且又享受快乐的时光。

这就是文学创作带给人的多元化感受，从冲动、酝酿，到具体的写作践行，看着词谱填，照着诗格作，运用新韵押，更具体一些讲，运用孤平拗救、常规变格、特殊变格的多种手法，采用平韵、仄韵、平仄韵转换，平仄韵通叶的四种韵格……

你投入地讲着诗词创作的经历、心得，也有从不回避的教训，你显然是把这种古老而富于新意的文体当作自己心灵的后花园，你珍惜那里的一草一木、一枝一叶。你说，走进自己营造的花园里，你的身心从未有过如此轻松，远离尘嚣，袖月担风，走进空灵魅惑的诗意具象与意象之中，倾吐一腔心事，凝聚一片诚挚，勾勒一幅图景，定格一段时光，参悟一种哲理，传播一份美好，用精炼的语言描摹时代画卷，用怀旧的心绪还原失礼于野……

年过六旬的你早已告别了日理万机的工作岗位，耳顺之年的你又精心营造了自己的又一个"岗位"，你可以全身心地沉浸在这片五彩纷呈又魅力无穷的家园里。你深深地感受到一种幸福，渐次地走进宁静致远的境界里……

昔日，青壮年的时候，生活与命运安排你从事凡俗且忙碌的工作，你顺应着生活的流程听从着命运的关照，那是一些繁杂充实令人难忘的岁月，记录着你每一人生阶段的深深浅浅的脚印，也涂抹着一个基层工作者踏实本分的底色。你科学地处理了工作与学习的关系，化解了其中必然产生的矛盾，你化解的手段自然是勤奋和钉子一样的钻挤。正如鲁迅所言，把别人喝咖啡的时间用在读书上，为营建你的家园，你舍去了许多爱好，在他人抽烟喝酒聊天中，在他人扑克声麻将咔咔里，你把自己关在偏僻小屋里，你琢磨平韵、仄韵、平仄韵的转换，你在严谨地进行平水韵与中华韵的比对，探究其中的奥妙和变化，还有，你在努力克服着地方口音和习惯发声给诗词带来的障碍和困惑……

如今，你有了自己支配的充裕时间，走进你艰辛营造的精神家园里，阅读、思考、比对；酝酿、过滤、创作……

精神家园的歌吟

细细品读你的几百首古体诗词，轻松愉悦中

同时也伴有这种古老文本带来的美学享受，清新自然抒情的诗风有如春风春雨欢快温润地进入笔者心田。

品读你的诗词，也如同在和一位性情平和内敛含蓄的大哥在敞开心扉，交流对话。交流个人生活感受，对话故乡发展巨变，不做作，去粉饰，勿卖弄，心平气和，宽容大度，文如其人，诗如其人。从你的诗作里品读出一个兄长的生活体验和情感体验，也品出一个基层领导所具有的固守自律和洁身自好。这无疑是一种品质，这种品质在你寻找家园的时候，在你营造家园的时候，就渐次聚拢渐次雕刻渐次形成的，它也在一天天一年年如同诗词中的精华一样，浸润到你的性格里，潜入你的人格里。同时也成为一种看不见摸不着但能感受到的气质。你的诗词作品中无不氤氲着这种生活经验和知识累积所历练出的气韵，这种气韵又形成一种人格魅力在感染着也感动着读者。

新胜兄，从品读你的第一首作品开始，直到切入你诗作的意境里，有一种亲切与随性的感觉直入心扉，这种感觉里有平凡人生的人间烟火，有描摹自我与他人生活状态和精神世界，这一切都从容自信然款款道来。

你满腔热忱地吟唱生你养你的故土，寄托你绵绵不绝的恒久乡愁，故土的一草一木，一条条羊肠小路，都不曾忘记远离的游子。一道道沟梁一座座丘陵山峁，曾洒遍了父辈的血汗，在这些血汗的喂养下如收获一茬茬禾苗一样走出了一批批有志向的儿女。你曾真诚坦率地歌唱你生活和工作了几十年的县城，县城由简陋落后到繁华整洁你是发展变化的目击者、经历者和建设者，亲历这样翻天覆地的惊人巨变，你抒发了对小城的无限依恋和一个建设者的繁复多元情怀……

新胜兄，你虽然把古体诗词作为笃定的文字样式和创作体裁，却没有丝毫的以"古"而"固"，没有依"旧"而守，没有因古旧而囚禁，没有。相反，你是一个视野开阔者，你的足迹远到南国各地和文明发达的欧洲，让鲜活生动的清新之风吹拂你的周身，清醒你的头脑，你让自己别除固步自封，清晰明白世界格局和文明趋向，耳闻目睹，比对研判，反省思忖，之后你创作出一系列反映异国风情和个人感受以及心灵撞击的词作，除抒发个人情感之外，还有许多域外信息提供给读者，这样的诗作便有了多元作用和精神效益。

你的诗词风格是直抒胸臆真情告白的，这与你的性格气质相关联，坦率、深情、真挚，率性而为；当然也动用诗歌的赋比兴的元素，尽量遵循格律诗词的一应要求。你将饱满的激情和真诚的抒发放在首位，在每一首作品里，几乎都有一个界定，是情感与立场的界定，也是某种概念的界定。这是你骨子里那种不可动摇的对事业如同对信仰一般执着的潜形流露，也是你柔韧内敛在诗作中不经意的流露与宣泄。可是，你业已形成的沉稳，简洁，深情，进取，向上，蓬勃的诗风里，还是可以透过沉静、舒缓的文字探寻出一个以苦为乐、孜孜矻矻的基层领导者的隐形画面，读出清新清晰画面里执着奋争的动人形象。

在你的诗作里，还能品出淡淡的失意与隐形伤感的另一面，它们在完成着另一幅残缺的美丽，对生活的叩问与坚信，组成内心巨大的矛盾与落差，这一切又和谐在你的诗作里。叹咏和期盼，激奋和忧伤，徜徉与追求，最终是义无返顾地诀别，然后昂扬地走向复苏的大地，走向心域里那片最神圣的迷人绿洲。

许多充满了钙质的诗句，大都是奔着人生和事业、前途与理想、信念与追求的大境界大主题的。能折射出你经历过痛苦反刍之后的心路历程，能读出你柔和外表之下的铮铮铁骨和诗作中涌动的血质。这样，浓烈的激情和刚柔相济的你便站立于人生潮头，目击风云变幻，感受潮起潮落。

你不会在荣誉的温床上沉睡，你不会在赞誉的美酒里陶醉，你会一如既往地迈动你执着的脚步，深情吟诵你阳光的诗词，去步入桑榆映辉的生命之旅。

2023 年 6 月

（张行健，中国作家协会会员，山西省作家协会副主席，山西省委联系的高级专家，人民文学奖、赵树理文学奖获得者，一级作家）

走近诗词（代序）

"不因虚度年华而悔恨，不因碌碌无为而羞愧。""莫道桑榆晚，为霞尚满天。"这些警世名言无时无刻不在激励我、鞭策我。记得小时候打开书本最喜欢的就是诗歌散文。垫着"仿影儿"练毛笔字，路过书店就想进去翻阅一下，看见街头牌匾上的字也要在手心里比划几下。在多年的学习工作中把论文、报告、总结以及各种文书当作练句的阶梯。退休后，虽然设想和尝试过种种闲暇生活，但还是选择了自己喜欢的诗词和书法。

诗词，源于古代民间和宫廷的演唱文学或称"口耳文学"，以至演化至今的"视读文学"。诗，自唐代产生了体式规范的律诗，唐人称之为"近体诗"（格律诗），又把此前从《诗经》《楚辞》、汉魏乐府民歌到文人所写的杂言诗、五言诗、六言诗、七言诗，统称为"古体诗"。后来，又把唐人仿效"古体"所写的诗称为"古风"。广义地说，凡诗皆有格有律，无格无律不成诗。只不过不同的诗体其律有宽有严罢了。而狭义上的格律诗，则指在字数、句数、句式、押韵、平仄声、对偶等方面都有固定格式要求的诗歌。总之，"古诗""古风""古体诗""旧诗""旧体诗""近体诗""律诗""格律诗"，等等，这些皆是对白话诗以前的文言诗的许多称呼。尽管唐代距今已逾千载，对今人来说"近体诗"一语早已名不符实，但由于历史形成，仍然把它作为对律诗的代称而沿袭下来，所以今人依然继承这些形式用来描写当代的新生活。

词，始于南梁，形成于唐代，五代十国后开始兴盛，至宋代达到顶峰。词最初称为"曲词"或者"曲子词"，别称有近体乐府、长短句、词子、曲词、乐章、琴趣、诗余等。是配合宴乐乐曲而填写的歌诗（即用歌配合唱出的诗）。词牌，也称为词格，是词调的名称。不同的词牌在总句数、每句的字数、平仄上都有规定。律诗每体皆"齐言"，每首诗中各句的长短相等，只有五律、六律、七律三大类，总共不超过30种基础格式，而词为长短句，每调每体皆各有定式，并且有些词调还有多达数十种变体、变格，调式数以千计。这些格式称词谱，人们为了便于记忆和使用，给它们起了名字就是词牌。

诗词，绝非文人无聊的闲情逸致，也不是故弄玄虚的咬文嚼字和雕虫小技。中国是个有着源远流长的诗歌历史的国度，有着悠久的诗教传统。诗词作为中华民族文化的瑰宝，意境之深邃，辞藻之华丽，韵律之优美，在继承传统文化、提高文化素质、陶冶情操品格、丰富精神世界上，有着其他文学形式不可替代的作用。

诗词，是心灵的后花园，一草一木，都自在其中，流连于此，可以卸下防备，远离尘嚣，袖月担风，徜徉在空灵诗意之中。借助诗词的魅力吐露一丝心意，凝聚一片真情，勾勒一幅漫画，捕捉一段时光，渗透一种理念，播撒一份希望。用精炼的语言展现时代风貌，用怀旧的情结还原失礼于野，用平实的生活描绘风雨人生。平仄变格烘托气氛，律句粘对营造意境，古谱时韵推陈出新。"道洒宏图心底亮，胸怀大志眼前春"，"打小追逐鸿鹄志，老来盘算桑榆业"，每每记起那些过往，总感觉难以用语言去表达。每当完成一首作品，总会有一丝成就感。

衣食足，文化兴。随着改革开放，国力振兴，人们追求高层次文化的欲望日益迫切。对于我而言，从走出校门到步入社会，所从事的工作根本与诗文不搭界，缺乏的不是生活而是文学功底，在创作过程中从照猫画虎到榆木开窍，从渴望到冲动，走过了一段力不从心且又享受快乐的时光。在创作过程中看着词谱填，照着诗格作，对着新韵押，运用了孤平拗救，常规变格，特殊变格多种方法，采用了平韵、仄韵、平仄韵转换、平仄韵通叶四种韵格。"四声八病"在所难免。内容涵盖了家乡变迁、他乡见闻、工作情怀、生活琐事、人生志向、风土人情、中外游记诸多方面。对于有趣的故事，遗忘的佳话，失传的习俗，生僻的字词加以注释说明，使人一目了然。另外，借助网络平台搜索了大量的字、词解析和声调分辨，收到了事半功倍的效果。

《赋闲拾趣》即将脱稿。在众多作品里筛选出诗、词、楹联139首（副），归纳为五部分：歌颂赞美编、情感志趣编、工作学习编、家庭人文编、闲游心得编。融纪实性、通俗性于一体。另外，收录了从前人们学习写作近体诗、词,用来熟习对仗、用韵、组织词语的启蒙读物《笠翁对韵》,今天对于初学者仍有借鉴作用。在创作过程中主要参考书目(《诗律详解》《词谱律析》上、下册,林克胜著)。

全书反映的是世事变迁,记录的是现实生活,也囊括了自己喜怒哀乐的心路历程。它是我十几年心血与汗水的结晶,它是我人生风雨与情感的浓缩,它是我工作与生活的真实写照。我不是作家、学者,也不是诗人,支持我完成此书的,是一种癖好,一种追求,一种痴情,一种责任。

虽经千锤百炼,心里却十分忐忑。虽说竭心尽力了,但愧知识短浅,诚恐贻笑大方。至此让我用中唐一位书生朱庆馀的一句诗"画眉深浅入时无"搁笔吧!

双新胜

2023 年 5 月于并州

歌 颂 赞 美 编

七绝·贺蒲子文化宫落成（三首）

一

形如阔叶当穹顶，

枝干饰银额烫金。

喝彩声声于市井，

不凡力作惠臣民。

题注：

　　蒲子文化宫始建于 2008 年，2010 年落成启用。坐落于山西省蒲县蒲伊广场东侧。总建筑面积约 2 万平方米，集办公、会议、演艺、休闲、娱乐、观光于一体。森林的创意是该栋建筑的一大亮点。

　　蒲子文化宫与蒲伊广场、昕水乐园、翠屏山构成了集自然、人文景观于一体的休闲胜地。

二

喜鹊衔枝百鸟鸣，

蝴蝶吻叶满园新。

筑巢引凤千秋业，

别具一格众目惊。

三

蒲子欢歌昕水①荡，

翠屏②闪烁礼花扬。

八方宾客笑容灿，

一阵回声紫气长。

---

①昕水：昕水河，蒲县的母亲河。黄河一级支流，由东川、北川、南川三河汇聚于县城，向西经隰县午城镇、大宁县注入黄河，全长 134 千米。

②翠屏：翠屏山。

七绝·纪念段云先生百年诞辰

慕君鸿志涉重洋，

临战角逐笔当枪。

身手财经辅国政，

毕生墨迹殷蒲乡。

题注：

2012年5月8日段云先生百年诞辰活动日于蒲县。

七绝·逛新区

闲来赛场健身爽，

路过校园书气扬。

新建大街秀即景，

西城门外呈碧芳。

题注：

新区：指锦绣新区（桃湾），蒲县县城西大门。2013年秋天再看桃湾，仅用了3年时间，从过去的农田、荒滩、破旧房变成了今天的锦绣大道、高级中学、奥体中心。可谓日新月异。

七绝·丰碑

航母辽宁风浪霸，
卫星北斗六合①侠。
遨游寰宇观沧海，
处处盛开科技花。

①六合：泛指天地、宇宙。

浪淘沙·百岁园

细粟①饱三餐，
难抵风寒。
谁书济世补缺篇？
教授刘超商海闯，
历久弥坚。

笃定养生园，
术路非凡。
二加一惠顾尘间。
众口相宜含笑语，
烂漫时迁。

---

① 粟：sù，谷子。

题注：

这首《浪淘沙·百岁园》是应江苏百岁园健康管理有限公司太原桃南片区经理之托，为百岁园成立三十周年庆典而作。

由百岁园公司董事长、著名心脑血管疾病专家、军医院院长刘超教授带领团队研发出一套血液、血管加细胞"2+1"康养产品。产品：热乎乎（半身养生屋）、换能足养桶、百岁铁丹激光治疗仪、富硒麦芽粉、红曲经纯片等，在预防中老年慢性病方面闯出了一方天地。

七绝·养生随笔

匆匆过客吻夕阳，

踽踽①老翁思暮年。

谁荐良方扔拄杖，

恰逢济世养生园。

---

① 踽踽：jǔ，形容小步慢行。

三字令·春

迟日丽，

众人聊。

寒气散，

雪花飘。

溪水涨，

冻凌消。

百花鲜，

经草嫩，

地温高。

蝉破茧，

鸟还巢。

童叟①动，

敞帘瞧。

行健步，

咏歌谣。

倡勤奋，

祈雨顺，

盼风调。

---

①童叟（sǒu）：孩子与老人。

七言排律·巧逢三月三

尝试寓居寻觅间，

几经辗转抵琼巅。

慕名康养江南地，

久仰通什负氧①圈。

昂首回眸三亚景，

驻足浏览两江②源。

姑娘头饰双雕凤，

小伙腰扎五色棉。

---

①通什负氧：通什（什zá，黎语汉字译音），通什镇，五指山市政府所在地。负氧，负氧离子，五指山每立方厘米的空气中含有高达 10000 个以上的负氧离子，是普通都市的 50 倍以上，被誉为"空气维生素"。

②两江：昌化江、万泉河。

红米山兰①土法酿，

黎村苗寨子民欢。

各族儿女风情日，

古朴繁华世代传。

题注：

农历三月三日为黎族、苗族民间悼念祖先、庆贺新生、赞美生活的传统佳节，亦称"爱情节"。黎族始祖"袍隆扣"（黎语汉字译音，意为"大力神"）祭祀大典在五指山市水满乡黎峒文化园举办。2016年我初来乍到，碰巧目睹了这一民俗盛况。

---

① 红米山兰：用当地产的红稻米酿的酒。

七绝·纪念红军长征胜利八十周年

百战厮杀自奋蹄，

一腔热血洒云端。

三军将士壮豪气，

不惧凶顽胆撼天。

题注：

2016年蒲县纪念红军长征胜利八十周年暨第五届"段云书画奖"获奖作品。

七律·手机

便捷前卫掌中提，

科技智能竞斗奇。

谈话聊天皆简便，

识图购物更节时。

小屏囊括千章卷，

玉指直击万点谜。

岂料玄机源自卡[①]，

漫游天下尽无敌。

---

① 卡：SIM 卡，即手机用户身份识别卡。

清平乐·马路天使（平仄韵转换格）

春光明媚，

窗外飞花坠。

冰雪城中谁守卫，

梳洗龙城贺岁。

天寒不止前行，

地滑岂可回营！

辛苦换得干净，

堪称不朽街魂。

题注：

2017年2月21日，龙城太原迎来了新年后的第一场雪，看到大街上环卫工人和机关工作人员不畏严寒清扫积雪的动人场面，填写了一首《清平乐·马路天使》。

七律·微信（二首）

一

优选昵称词意萌，

精挑头像表情深。

添加益友闲时补，

接入亲人笑口迎。

南北西东罗万象，

秋冬春夏储一屏。

抽空轻触只图乐，

字画倏然跃眼中。

二

昔日交谈靠喊声，

而今碰面借荧屏。

我拼彩照人人享，

汝送红包个个存。

幽默段子高手撰，

热门事件主流登。

吾吾尔尔言无尽，

触触摸摸心里明。

七律·十九大礼赞

南湖小艇逆风起，

遵义红旗山寨飘。

紫禁城楼号声响，

山庄窝铺锣鼓敲。

承前启后庶民赞，

继往开来天下骄。

华夏一心闯新路。

远航击浪当弄潮。

题注：

2017 年政协蒲县"喜迎十九大我心永向党"及第六届"段云书画奖"参展作品。

六律·五指山

清早树梢鸟鸣,

黄昏河谷①蛙声。

栈桥闲坐渔叟②,

河畔漫游舞神。

近览南国夏宫③,

远游北岭黎峒④。

难得神话仙境,

尽享山城雨林。

---

① 河谷:指流经五指山市区的南圣河。

② 渔叟:渔翁。叟sǒu,年老的男人。

③ 南国夏宫:建在高山深谷,距离五指山市区2千米,避暑纳凉的别墅式宾馆。曾接待过江泽民等党和国家领导人以及外国元首。

④ 北岭黎峒:黎峒文化园,位于五指山市区北34千米处的水满乡。每年农历三月三是黎族、苗族同胞悼念黎祖袍隆扣的传统佳节,也称"爱情节"。

七律·吟咏海南

空港交通零换乘①，
行人车辆聚一仓②。
购房容易审核细，
观景轻松购物忙。
数九寒天微雨洒，
三伏烈日大风扬，
隆冬洌洌花丛艳，
盛夏炎炎树下凉。

①零换乘：海口美兰机场将动车、公交车、出租车整合在一个交通枢纽里，称零距离换乘，大大节省了旅客中转时间。

②聚一仓：指轮渡琼州海峡的所有车辆、行人，同乘一艘船。通过客滚轮（既载客又载车的船）摆渡，或通过滚装船（只载车和司机的船）摆渡。

七律·太原新貌

百里汾河映彩虹，

条条高架舞长空。

摩天大厦星光灿，

小巷翻新花草青。

地下新添规划网①，

城中正补拆迁更。

八方齐奏富民曲，

万众频发惊叹声！

---

① 地下新添规划网：指被纳入太原市总体规划的《太原地铁线网规划》。2017 年地铁 2 号线正在施工。

蒲县大观[①]（楹联）

千年文化，

十万仁人擎日月。

阅宿世，

史前留遗址[②]，

尧帝访蒲伊，

白衣[③]赐及雨，

飞虎镇行宫。

---

① 赞美蒲县 120 字长联。

② 史前留遗址：薛关龙王庙旧石器遗址。考古学家把有文字记载之前的时期称作史前时期。

③ 白衣：即白衣洞，位于蒲县乔家湾乡太山之巅。每年农历六月十九日为白衣菩萨圣诞日。儿时听老人们讲，洞内常年滴水，每遇干旱年份，周边村民便抬着神龛，锣鼓旗伞，前往接山泉祈雨。

皆可叹，

窝矿走红①，

双老②挥毫，

技艺殷民，

博众强身，

自古豪杰织锦绣；

百里田园，

一条昕水贯西东。

观新潮，

地下采乌金，

残塬挂百果，

---

① 窝矿走红：窝矿，指微小且分散的鸡窝状的煤、铁矿。全句指二十世纪八十年代初风靡一时的采矿热。

② 双老：蒲县籍书法家段云、作家西戎。

沃野栖珍禽[①]，

东山扭左柏[②]。

俱为荣，

石坑缀绿，

八方通陌，

科学育种，

拦河蓄水，

而今丰碑贯长虹！

---

① 沃野栖珍禽：指蒲县五鹿山、石门山、太山、明山、梅洞山以褐马鸡为代表的 30 余种国家级保护动物，以及中国特有树种白皮松等。

② 东山扭左柏：位于蒲县城东南 2.5 千米处的山冈，俗称东山，自古生长着树皮向左扭的柏树，人称左扭柏。

五绝·召唤

天子擂金鼓，

琼州冠两衔①。

椰城②传喜讯，

新政著鸿篇。

题注：

2018 年 4 月 13 日于海南五指山，欣闻习近平总书记在庆祝海南建省办经济特区 30 周年大会上郑重提出，中央支持海南全岛建设自由贸易试验区和自由贸易港。

① 琼州冠两衔：琼州，海南的别称；两衔，指自由贸易试验区和中国特色自由贸易港。

② 椰城：海口市的别称。

念奴娇·庙会（仄韵格）

民间盛典，

看八方皆举，

林涛声起。

四醮朝山①锣鼓震，

神态露着春意。

昼夜笙歌，

阴阳曼舞，

三日连台戏。

身临其境，

---

① 四醮朝山：四醮，指东、西、南、北四醮。醮jiào，古代祭神的一种礼。朝山，每逢庙会各醮按各自抽签（或轮流）顺序，在东岳庙大雄宝殿前按俗成定式举行隆重的祭祀活动。

顿时别样惊喜。

饱览古建精华，

旁观俗事，

金水桥边倚。

最数前堂香火旺，

绿女红男膝地。

灵贶^①福还，

民崇庙应，

施舍随心礼。

洪钟回荡，

引来空巷人挤^②。

---

① 灵贶（kuàng）：神灵赐福。

② 空巷人挤：即万人空巷、人山人海的朝山景象。

题注：

东岳庙位于蒲县城东柏山之巅。始建何年无从查考，历代重建和增建从唐贞观以来均有记载，距今约1300年。

农历三月二十八东岳大帝诞辰日为庙会日。记忆中的庙会高潮是二十八日凌晨和上午，现今已提前至二十七日午夜。祭祀名目有行宫大殿前开祭仪式、四醮朝山、昌衍宫偷小鞋送小鞋（求子嗣）、送痂、华佗庙求药、布施等。还愿形式有担刀、献牲、献钱、献匾、献戏、献袍等。传说故事有聚宝盆（左扭柏）、地狱冥刑、善女墓、盘龙石柱、梦得神联、牛羊驮料等。因此，东岳庙因"灵"而远名。

松柏亭中言帝仙，香烛陌上奏民风。每逢庙会，十里循环盘山路，行人车辆川流不息，庙宇内外香火纷呈，杂技歌舞昼夜狂欢，政策科普街头搭台，集市摊点构成了一道诱人的景观，油条烩菜才是那地道的风味。

庙会，宗教文化的传承。庙会，富足和繁荣的象征。

七绝·劝诫

为官勤政古今同，
谨记初心勿忘民。
反腐倡廉强党路，
面临诱惑忌盲从。

题注：
2018年11月蒲县"普法杯"第九届"段云书画奖"大赛撰书。

人月圆·立春正值除夕

大街小巷盛装靓，
车少路清闲。
华灯初上，
开怀畅饮，
彻夜联欢。

借屏互动，
隔窗遥望，
乍暖还寒？
春来同庆心潮涌，
叹勺碗蹁跹。

题注：

2019 年，除夕和立春双节重逢。欣喜之余，参照林克胜著《词谱律析》上册 147 页，杨无咎《人月圆》平韵变格填写。

六律·咏两会

云游三月春景，

关注京城会风。

代表声情并茂，

委员经验颇丰。

官方频道齐敞，

记者佳音共鸣。

众议来年大计，

上弦定调扬清。

题注：

两会：指 2019 年 3 月 3 日和 5 日，在北京人民大会堂开幕的全国政协十三届二次会议和十三届全国人大二次会议。

七绝·廉①

涓涓昕水傲严寒，
楚楚翠屏识俊贤。
古敬尧师②治国道，
今夸清气到民间。

---

① 2019 年"丹青墨韵廉洁蒲县"书画展撰书。

② 尧师：相传上古帝尧时有位身着蓑（suō）衣的樵夫老人名叫蒲伊子，又称蒲衣子，隐居于山西省蒲县蒲伊村，浑浑噩噩，淡泊名利，尧帝闻其贤，登门造访，恭听治国之策，拜其为师。

清平乐·盛会 （平仄通叶格）

仰观三晋，

策马扬鞭奔。

正待拔筹情亦兴，

八方备战临门。

双塔招手恭迎，

小巷大街欢庆。

不负二青火种，

荧屏闪烁新星。

赋 闲 拾 趣

题注:

词牌参照林克胜著《词谱律析》下册 1061 页,平仄韵通叶格创新变体 2 式所填。

2019 年 8 月 8 日,第二届全国青年运动会在太原红灯笼体育场隆重开幕。

双塔:永祚寺双塔。祚 zuò,福;地位。"永祚"一词,似有"永远传流,万世不竭"的意思。"文峰塔"起自堪舆之用意,"舍利塔"则是奉供舍利子、藏佛经的宗教建筑。建成于明万历四十年(1612 年),两塔均为 13 层,总高都在 54.7 米以上。犹如一对孪生姊妹,耸立于太原市迎泽区郝庄村南。

五绝·夜幕（仄韵格）

星空多彩画，

水上连环术。

如是巧乔装，

黄昏好去处。

题注：

兴起于二十一世纪初的太原长风商务区，坐落着山西大剧院、山西省科技馆、山西省图书馆、太原美术馆、太原市博物馆等现代化建筑，每当夜幕降临，广场上流光溢彩的音乐喷泉、水幕灯光秀、建筑光影秀，吸引着众多观光市民。

七绝·办学（仄韵格）

打开^①方显人才渴，

一度风行办校热。

借地增员筹备急，

迎合物道学科拓

①打开：改变关闭状态（如一扇门或一只盖子）。这里指二十世纪八十年代改革开放。

七绝·南国气象

路途才沐瓢泼浴，

烈日又吸椰子汁。

何惧天公常示威，

花红叶绿总相宜。

渔家傲·奋战罗克路（平仄韵通叶格）

策马扬鞭自奋蹄，

连绵秋雨令人迷。

懊恼坑洼车马挤，

从头理，

内心盘算进攻地。

前线官兵鏖战急，

争分夺秒破难题。

众志成城齐努力，

呼声起，

鸣金天降雪花礼。

题注：

县道罗（罗全凹）克（克城）公路是连接蒲县克城、太林、乔家湾、曹村通往临汾市尧都区的出境通道，也是一条繁忙的运煤通道。2003 年，蒲县决定自筹资金实施五孔桥—克城段 18 千米沥青路面翻修改造工程。岂料上半年"非典"疫情，下半年罕见的连阴雨，工期严重不足。在施工的同时还要兼顾沿途村民、企业生活生产的物资运输，大大增加了施工难度。当时，我被县上从城建局抽到工程指挥部任总工，确实感到了前所未有的压力。庆幸的是有指挥部的果断决策，有全体人员的顽强拼搏，终于抢在降雪前交了一份满意的答卷。

声声慢·殊春赋（仄韵三首）

一

慌慌恐恐，

紧紧张张，

霎时年味魔幻。

看似祥和喜庆，

实则离乱。

没了昨日喧闹，

望神情、

强撑笑脸。

瞒发热，

又干咳，

却是新冠泛滥。

哪有避风驿站,

好无奈,

寒潮打落花瓣。

歌舞声中,

欢乐夹杂伤感。

江城猛然炙烤,

怎怨它、

山珍野宴。

辱天理,

辟谣言,

可遮慧眼?

二

国民感慨

瘟疫四伏，

全凭处置果敢。

公路航班高铁，

情急熔断。

聚焦新岁闹市，

寂无声、

车疏人远。

除夕夜，

布大局，

各路英姿尽现。

不负连连钦点，

鼓勇气，

佳节复工赶产。

使命相托，

雷火^①堪称经典。

豪杰不辞壮举，

伸援手、

传递真善。

补缺口，

解难题，

一声召唤。

① 雷火：据媒体报道，新冠肺炎疫情暴发后，武汉参照2003年"非典"北京小汤山隔离传染病医院模式，用十余天时间建成雷神山、火神山两座应对新冠肺炎疫情的专科医院。武汉客厅、体育馆、会展中心等大型场所，均改造成方舱医院，以解燃眉之急。

三

战旗挥舞，

勇士出征，

直奔荆楚亮剑。

放弃新年团聚，

令行可叹！

势如万箭齐射，

荐良方、

情形反转。

红指印，

请缨书，

一展杏林风范。

深感求医为患，

坚守爱，

汗滴湿透长辫。

目秀眉清，

几道勒痕饰面。

长廊脚步涌动，

奏和声、

白衣礼赞。

迎鼠岁，

送瘟神，

连轴奋战。

赋 闲 拾 趣

题注：

2020年春节新冠肺炎疫情，从武汉蔓延到好多省，其特点是潜伏期长，传染性强，给人们的健康造成巨大威胁，同时影响到正常的工作和生活。

1月23日（庚子年除夕前一天），全国各地相继启动一级防控，各个小区、门店、主要出入口24小时值勤，要求人人戴口罩、测体温，严格控制人员流动。当时，我家住的海口千江悦小区实行的是"通行证"管控。武汉封城，关闭高铁、航线以及所有出城通道。中央抽调全国地方和军队医务人员驰援湖北重灾区，防疫物资（如防护服、口罩、消毒液等）生产厂家立即复工复产，交通运输部门开通救灾物资绿色通道。一场全民防疫战在华夏大地拉开了序幕，十几亿人足不出户，祥和欢乐的新年，遮上了一层清冷的面纱。

这三首《声声慢·殊春赋》作于2020年1月27日。回头看疫情三年，全民测核酸，出示健康码、行程码，否则不予通行；发现异常就地隔离，管控力度前所未有。

五绝·贺白衣战士凯旋

雾散露花容,

春回涌暖流。

满堂欢庆宴,

唯有壮心酬。

题注:

2020 年 4 月写在三晋援鄂抗疫医疗队归来时。

七律·晋阳湖

冉冉波光惹人羡，

比肩西子美名传。

千顷碧浪凭鱼跃，

万米丛林任鸟盘。

综改秀出新景色，

转型亮起古标签。

蒙山脚下慕名顾，

汾水滩涂踪影还。

题注：

2020年8月游园。晋阳湖公园位于山西省太原市晋源区金胜镇境内（前身是中华人民共和国成立初期人工开挖的太原一电厂蓄水池），该湖水面面积5.1平方千米，蓄水量达2400万立方米。是华北地区最大的人工湖，素称"中国北湖"。

"晋阳湖"之名，由来已久。相传远古时期的太原地区一片水泽，唤作晋阳湖。大禹治水想要开发这里，让人们在这块沃土上生存，只是不知如何才能将水退掉，为此苦思冥想，食不下咽。一天晚上雨暴风狂，晋阳湖上波涛汹涌，却有一只小船在风浪中随波起伏，禹将大船靠近，原来是一老妇人在打鱼。禹请妇人上大船躲避风浪，并且非常恭敬地递上一杯酒。老妇人一语不发，伸出手指将酒杯弹了个豁口，酒流了个精光，老妇人也不见了。禹很是惊疑，随即恍然醒悟。他经过勘察，在今灵石县一带开山凿口，让水归河槽，才形成今天的太原盆地。于是就留下了"打开灵石口，空出晋阳湖"的传说。

七律·滨河公园

拦蓄汪汪潮露打，

垦耕块块彩菊插。

日斜湖面小船荡，

傍晚高楼亮幕拉。

球场放歌才女舞，

沙滩戏水游人夸。

乘凉避暑风光处，

饭后茶余百姓家。

七绝·咏太原环山旅游路（二首）

一

幽幽一线穿千嶂，

宾客逍遥入四乡。

哪晓从前乱石坠，

飞禽走兽懒得相。

二

万壑千山美景长，

蜿蜒陡峭上高冈。

牛郎借道鹊桥会，

王母功垂后世扬。

赋 闲 拾 趣

题注：

太原东、西山旅游公路于 2020 年 6 月建成通车，全长 229.5 千米，将 68 处县级人文景点、4 处国家级传统村落、6 处市级农业旅游点、17 个城郊森林公园连为一体，并辐射周边 100 余处景观长廊。堪称是一个"快旅慢游深体验"的精品工程。

七绝·观光现代农业公园有感

科技兴邦几十载，

全球体量位居前。

神州吹响脱贫号，

旷野雕琢致富园。

题注：

2020年10月1日观光桂林洋海口现代农业公园。园区有农业工厂、共享农庄、美丽乡村、高尔夫球场、湿地、儿童游乐园……之所以用"现代"命名，是因种植都采取工厂模式，号称"梦工厂"。在温室里一排排架子上种植农作物，配套有雨水处理系统、太阳能发电系统、屋顶机器人清洁系统。也许这就是未来要普及的农业吧！

七律·功臣

为除拥堵如实话，

面对建言诚恳答。

宁肯出资竭力撬，

不惜举债尽心抓。

九曲沟壑限时改，

百里平阳即刻达。

当谢昨天东岳会①，

喜迎今日大山发。

---

① 东岳会：借指 2008 年蒲县东岳庙会期间，省、市、县有关领导齐聚蒲县共议修路大计。

题注:

省道临午公路（编号 S329）临汾至蒲县段（现升级为国道临延线的一段，编号 G520），是临汾市西山四县乃至通往吕梁的交通要冲。弯道多、坡度陡、等级低、流量大，经常拥堵，既影响群众出行，又影响工农业生产，"锁"制了当地经济的发展。

蒲县县委、县政府从 2007 年着手，就临汾至蒲县一级公路拓宽改造项目与临汾公路分局经过一年多的磋商，达成一致，蒲县政府出部分启动资金，其余由临汾公路分局全权负责完成。该项目最终在省交通厅的大力支持和推动下，于 2009 年年初开工，2010 年 10 月竣工剪彩。

值此该公路通车十周年之际，赋诗一首，献给曾经呕心沥血为之操劳的功臣们！

五绝·咏风①

朝向轮番倒，
时常大小来。
人家频闭户，
物种它为媒。

---

① 谜面诗。

七律·冬日海口

毛雨凉风一再打，

此息彼怒任由发。

时而要减防寒套，

偶尔得添保暖夹。

候鸟在寻过冬地，

东家正看越墙花。

阴晴难料轮番倒，

只待长云即刻扒。

七绝·过冬

椰风海韵异乡品，

雨露花香随处萦。

缕缕幽芳醉翁意，

炎炎红日平疫情。

七绝·缅怀战疫英雄

江城瘟疫扰新春，

华夏驰援令世惊。

又到病毒狂妄季，

寒潮涌动念英灵。

题注：

2021 年 2 月 7 日值此全国人民抗击新冠肺炎疫情一周年之际，献给无私奉献的白衣天使！

七律·咏牛

春回负轭把身躬，

节去转头又垦丛。

奉乳食菅功不朽，

碾场曳磨力无穷。

辛劳缘起鼻橛勒，

憨厚由来蹄角分。

一种声音一世唠，

半勺草料半天勤。

题注：

民间传说，牛起初和马一样，蹄子是不分瓣的，体躯高大，生性凶猛，脾气倔强，可谓兽中之王，就连老虎、狮子也不放在眼里，没有人能驯服。于是，土地公公一气之下便把牛告到玉皇大帝那里，玉帝得知实情后，就用刀把牛蹄分成两瓣，在牛鼻子里打上孔穿上圈（juān）子来牵制，予以惩罚。从此，牛就没有以前那么烈了，变得温顺了许多。所以，后来人们认识的牛，常年垦荒耕田，为庶民所用，并被尊崇为勤劳的化身。

鼻橛（jué），指牛橛子。方言称牛圈子。用嫩木条在火上熏制成套，穿在牛鼻子里捆扎好，用来拴牛缰绳。

蹄角，指牛蹄子。

天净沙·小城（平仄通叶格）

"鸟巢"①昕水人家，

柏林古庙②流霞，

尧帝访贤③神话。

旧帛新画，

荣膺城辇④褒嘉。

题注：

　　为蒲县荣获"第四批国家生态文明建设示范县"而作。

---

　　①"鸟巢"：指蒲子文化宫。

　　②古庙：蒲县东岳庙，全国重点文物保护单位。

　　③尧帝访贤：尧王拜师于蒲衣子。

　　④城辇：京城。旧以帝王所居为辇（niǎn）下。

七绝·脱贫攻坚感言

复兴专列进村寨，

自古闭塞从此开。

亿万同胞百年梦，

忽如一夜福祉来。

题注：

2021 年 2 月 25 日写在全国脱贫攻坚总结表彰时。

情 感 志 趣 编

蝶恋花·相思（仄韵格）

红豆留香阡陌漫。

花絮飞扬，

渐入烛光宴。

昨夜狂欢长发乱，

不觉滋味随风远。

月下对空极目望。

思绪悠长，

倩影时而现。

细语呢喃萦耳畔，

花前信步千般念。

虞美人·相聚（平仄韵转换格）

觥筹交错金秋宴，
皓首童心伴。
小楼几束聚光灯，
昨夜开怀说笑、
话温馨。

校园情景倏然闪，
眉目依依恋。
锄头书本影相拥[①]，
难忘青春年少、
度光阴。

---

① 锄头书本影相拥：指二十世纪六七十年代，学校隔三岔五停课，学生帮附近村民锄地、收割庄稼，上山采集。

七律·暮景

骨气犹存体迟钝，

宝刀未老耳先鸣。

忙时还想偷些懒，

闲下又觉缺点什？

晒晒太阳心系母，

游游商店手拉孙。

人情世故记心里，

名利得失少费神。

七律·清明抒怀

桃花朵朵撒阳坡，

春雨霏霏润老窝。

缕缕青烟丛冢①曳，

条条彩练树梢拖。

手拎香火茔前跪，

脚踩浮尘梦里托。

叶落归根怜故土，

培元固本勿蹉跎。

---

① 丛冢（zhǒng）：许多死者葬在一起的大坟。

七律·心路

动荡初平剔旧诏，

改革转轨念新谣。

满怀志向劳神闯，

牢记嘱托吃苦熬。

好似无头苍蝇碰，

犹如断线风筝摇。

紧跟盛世音符舞，

笑对今生特色潮。

题注：

"岁月如金同学群" 2016 年国庆微信歌咏会咏诗。

诗外：1978 年 12 月 18 日—22 日，中国共产党第十一届中央委员会第三次全体会议在北京举行，决定将全党的工作重点转移到社会主义现代化建设上，党在思想、政治、组织等领域全面拨乱反正，揭开了改革开放的序幕。

1980 年中央提出以经济建设为中心。

1981 年改革开放的总设计师邓小平第一次提出"中国特色的社会主义"这一概念。

七律·观楼市

驱车驰骋绕堤转，

处处楼宇嵌水天。

都市边沿红线划，

客商心中绿篱圈。

大妈老汉轻声嚷，

小伙姑娘细语谈。

精品洋房添诱惑，

囊空兜浅勿多言。

题注：

2017 年春天，我和几位好友自驾穿梭于海南、北海楼市。海南和北京、上海、广州等大城市一样，也陆续出台了一系列楼市调控政策。随之又掀起一波购房潮、涨价潮。

忆江南·他乡（三首）

一

千祥地，

冬暖数琼州。

候鸟先登亲友傍，

售楼期待客官留。

昂首再回眸。

二

千江悦，

落座大桥东①。

宝地纷纷仿楚汉②，

花丛每每触双心。

---

① 大桥东：指海口市海瑞大桥东岸"千江悦"小区。

② 楚汉：比喻当地政府划定商品房限购区域。

谁是定盘星？

三

千般喜，

晴定北楼中。

原舍急出离故土，

新居巧遇到边城。

迟暮享温馨。

题注：

　　海南从大城到小镇到处都有候鸟人的身影，听得最
多的话题就是旅游、卖房、买房、租房、养生。

七律·单车

向来拥堵老难题，

后起单车可解急。

何必跟从盲目上，

怎能骑罢任由栖^①？

经营欠妥几时了，

监管缺席何日弥？

绿色出行新业态，

人人遵守律成习。

---

① 怎能骑罢任由栖：指共享单车随地停放的不良现象。

七绝·旧照

懵懂少年风采在，

定格一瞬铸情怀。

眉清目秀黑白片，

白发苍苍思绪来。

题注：

　　凝视着同学、朋友、同事晒在微信里几张年轻时的照片，百感交集，勾起我无尽的回忆，随即提笔一首。

七绝·咏乐

一路风尘藏自信，

孤单无助遇福星。

春风得意豪情迈，

离任逍遥四海云①。

---

① 云：比喻漂泊不定。

满江红·佳节抒怀（仄韵格）

美味佳肴，

新春礼、

岂能怠懈。

及早备、

佳节访友，

除夕熬夜。

行事顿觉身手笨，

出门方晓星光烈。

细思量、

装点每一时，

光阴谢。

华庭美，

心里介①;

尊容善,

性情倔。

忆沧桑岁月,

难言苦悦。

打小追逐鸿鹄志,

老来盘算桑榆业。

踏斜阳、

笔墨伴余生,

从头越。

---

① 介:大。善。

七绝·元宵夜思

不拘华发抖行踪，

尝罢汤圆望夜明。

如若轮回效今月，

年年岁岁赏花灯。

水调歌头·生产队（平仄通叶格）

队长大腔吼，

社员小声哼。

春秋冬夏忙碌，

年底等分红。

劳动工分核定，

决算盈亏认领，

句句喊革新。

咬定战天地，

认准斗蛇神。

大锅饭，

集体灶，

打锣声^①。

红旗招展，

农建^②工地度光阴。

下雨刮风上阵，

酷暑严寒更勇，

昨日漫东风。

万物时空变，

转眼又一春。

题注：

　　生产队——人民公社时期的称号，又称村或小队。隶属于大队，再上面是公社。生产队是农村劳动群众集体所有制的组织形式，独立核算，自负盈亏。人民公社（1958年—1984年）解体后，又恢复到村的建制。

---

　　① 打锣声：即敲锣声。社员每次上工以锣声为令下地干活。

　　② 农建：农田水利基本建设。

七绝·团聚

悠悠远古知多少，

人海茫茫何处唠？

素昧平生姓相引，

溯源追本就谱聊。

题注：

2018 年 11 月 16 日至 17 日，参加"中华双氏宗族谱"座谈会的全国各地 20 余名双姓代表，齐聚河北省邯郸市峰峰矿区万豪宾馆，满怀深情，畅所欲言，商讨修谱事宜。双全胜、双反奎、双纪明代表蒲县太林乡河底村双姓参加。

七绝·春捂

地热天寒北风吼，
雪飘雨打珠芽抽。
升温切勿减衣物，
老话真经心底留。

浣溪沙·仙女

春到乡间小草青，
秋来山里凤林红。
昙花吐蕊醉君心。

夏抹朱唇垂秀发，
冬遮玉户锁罗裙。
一波烈焰化浮云。

字字双·风度

红唇淡脂窝又窝，

长发齐腰结又结。

缯帛披胛①遮又遮，

西装革履得又得。

---

①缯帛披胛：肩上披着丝巾。缯帛：zēng bó，丝绸之统称。胛：jiǎ，肩胛。

七绝·游仙洞沟

松柏参天帏帐搭，

石槽接岸小溪啦。

不聊姑射①从前事，

只顾瑶池仙女花。

---

① 射：yè

南乡子·端午

艾草倚门楼，

糯米粘着红枣头。

街坊四邻乘粽唠，

茫然，

口耳相传永不休。

水上赛龙舟，

祈愿安康齐力游。

身佩香囊五彩链，

缘由，

千载图腾①文化留。

---

① 图腾：据载，端午起源于古代吴越族举行龙图腾祭，也有纪念屈原、伍子胥、介子推、曹娥、陈临等说。学术界大都认为后者是后世杜撰附会之辞。

七绝·回管家（二首）

一

隔江眺望落浮云，

一片彩霞映水中。

阵阵响铃把神搅，

几行短语好贴心。

二

疑似亲人把礼呈，

又如山水画一宗。

温馨还要绿城塑，

美誉须凭服务升。

题注:

2019 年 12 月 11 日我站在窗前,正欣赏着南渡江(海口)上的彩霞,绿城物业管家"花瓣雪飘过,把花心留给您;四季风吹过,把枫叶留给您;当月潮涌过,把欢乐留给您。天气多变,注意身体!"一条微信铃声转移了我的注意力,欣喜之余,赋诗二首。

五绝·静思（仄韵格）

风雨红尘路，

荆棘滋长地。

漂泊人海中，

能遇几知己？

七绝·俄乌局势感吟

冬奥余音尚未尽，

俄乌火线乱纷纷。

莫谈世上太平日，

幸我中华国土宁。

题注：

2022 年 2 月 20 日，第 24 届冬奥会在北京、张家口落下帷幕，2022 年 2 月 24 日，俄乌战争爆发。

工作学习编

五绝·雅兴

空山溪水流，

隔岸鸟儿鸣。

潜入深林里，

追寻昔日风。

题注：

　　这里的雅兴包含了写作兴趣、喜好以及郊野的氛围。

　　空灵的山谷里，溪水潺潺，清澈见底，小河对岸的树上鸟儿叽叽喳喳欢歌笑语，像是这里的常客，又像是迎来送往的主人。经常出没于丛林里采风的人群中有位老翁谦和地向别人请教，描摹着昨天的风景。看那神情和兴致早已陶醉于诗情画意之中了。

七律·简历

春从农事夏脱困，

秋入瓦行冬转供。

立志潜心苦学艺，

求知搁业专镀金。

履新城建岁十载，

赴任交通年九庚。

照例一刀谢帷幕，

寥寥数语曰半生。

题注：

首联：指作者在 1975 年高中毕业至 1976 年，曾先后在本村务农，昕水河太林工程队当民工、事务长。1976 年至 1978 年县建筑社临时工、正式工。

颔联：1978 年至 1991 年先后任县交通局出纳员、施工员、车队队长、运输公司副经理，其间：进修、入党、转干。

颈联：1991 年至 2003 年，任县城建局副局长、城管办主任（正科）。2003 年至 2012 年任县交通局局长。

尾联：一刀，即"一刀切"谓卸任的俗称。

助理经济师、测绘工程师。蒲县第十四、十五届人大代表。

七律·学生时光

韶华年代天真闹，

正遇校园歇业潮。

可罢学时参大会①，

不操书卷顾田苗②。

将拿棋子兵攻帅，

又讨鬼神笔当矛。

千册图文化泡影，

万般抱负靠天熬。

---

①参大会：学生不时参加游行活动以及各类批斗大会。

②顾田苗：学校频繁停课，经常组织学生帮村民干各种农活。

七律·求学路

高三应试首批生，

分片就读入克中[1]。

深谷夜行一路赶，

阴云雨注满身淋。

转学择校挂心底，

开岁待春到县城[2]。

若问书涯谁与助，

功归伯父[3]教书人。

---

[1] 克中：蒲县克城中学。1973年高中第三届招生恢复考试，择优录取。那个年代，小学、初中义务教育七年一贯制（5+2），高中、大学招生实行基层推荐。毕业季和升学季均在寒假期。

[2] 县城：蒲县中学高十二班。

[3] 伯父：伯伯双纪源。

七律·深造（仄韵格）

改革方显知识浅，

开放时兴学历热。

意气风发进校园，

精神饱满啃功课。

几张试卷笔尖飞，

一纸证书心里阅。

辞罢同窗疾步登，

收拾行李从头越。

题注：

　　1983 年 11 月—1985 年 11 月，受益于当时的政策，通过文化课考试，带薪就读于临汾地区工业干部学校工业企业管理专业二班，获得中专文凭。

清平乐·做豆腐（平仄通叶格）

临屏忽显，

真遇好奇点。

浮想儿时小磨转，

非土非洋相①练。

泡豆细心挑拣，

打浆把火淋酸。

好似民间戏法，

子粒化为美餐。

---

① 相：xiàng，仔细看。

渡江云·台风（平仄通叶格）

中秋国庆日，

双节将至，

愉悦欢歌中。

看气旋洋面，

呼啸奇袭，

海上亮红灯。

船只进港，

远行人、

无奈呻吟。

天色暗、

心头缠绕，

夙昔别样灾情。

乌云。

神州风暴，

文化思潮，

令群情振奋。

叹校园、

频频停课，

弄武成名。

唇枪舌剑常争辩，

却未料、

布阵排兵。

一幕幕、

怎得百姓安宁！

题注：

2020 年国庆、中秋双节重逢，正当人们沉浸在长假喜悦之际，接踵而至的台风影响着海南岛，时而狂风大作，时而瓢泼大雨，时而海上停渡，时而菜市一空，给岛内居民带来不少困扰。《渡江云·台风》通过对持续月余的自然灾害的描述联想到一个时代的冷暖与炎凉。

七律·熬

年华美好日子艰，

一步一番火焰关。

春踏犁沟按底粪，

夏奔工队就粗餐。

堆堆灰土双肩背，

摞摞砖头嫩手搬。

荣辱得失抛脑后，

揭开序幕赋新篇。

题注：

颔联：在生产队春播玉米、山药蛋，背着装满农家肥（预先滤过）的圪栳，踩着犁沟一步一抓，往种子上丢肥的劳动场景。挼（ruá）粪，当地惯用的方言（土话）。以及在昕水河太林公社专业队当民工、事务长的经历。

颈联：在蒲县建筑社当小工，参与的项目——蒲县化肥厂土建扫尾、吕梁林局办公大楼（现煤炭、地矿办公楼）、东关小河沿手工业局宿舍、蒲县国营铁厂（席家沟）13立方米高炉基座、蒲县缝纫机厂（碗窑）土建工程等。

七律·时运（二首）

按：一生两次机遇，巧在一个生肖（羊年），巧在一个时间点（冬天）。不得不让人思考，运也！命也！

一

闻讯未冬①喜鹊声，

仰天长叹笑眉生。

又惊又喜迎新岁，

亦重亦轻托小城②。

清障通衢行善事，

务实勤奋动真情。

素而无怨朝前迈，

期待上天开厚恩。

---

① 未冬：辛未年（1991 年）冬天。

② 小城：指代城建局。

二

闻讯未冬①欢鹊声，

架桥铺路运程通。

追名逐利世情淡，

克己奉公头绪清。

道洒宏图心底亮，

胸怀大志眼前春。

酸甜苦辣平生路，

何必再鸣马上功。

---

① 未冬：癸未年（2003 年）冬天。

七律·城建花絮（仄韵格）

车辆倍增出入堵，

大街小巷亟须拓。

两年铁腕断头通，

三载重拳瓶颈阔。

谋取真经扬舍观，

寻求样板黎城获。

霓虹彩练大楼镶，

戴帽穿衣新景烁。

题注：

三年分别完成了：东关大桥至荆坡河拓宽改造工程（1991年）；蒲县中学至县医院（旧址）拓宽改造工程（1993年）；广播局至桃湾桥新建街道工程（1994年）。

两年分别完成了：荆坡河钢筋混凝土平板桥工程（1999年）和荆坡桥至窑店河东大街延长线工程（2001年）。

1996年10月份，县上领导带队利用20天时间，参观了"全国卫生城市"张家港（扬舍镇）以及蚌埠、南京、华西村、扬州、淮安、连云港、临沂、泰安、石家庄、阳泉、太原等。2002年蒲县组织观摩团参观了"国家卫生县城""全国文明城镇"黎城，以及济源、登封、洛阳、三门峡等。

诗外：2008年至2009年蒲县交通局承建了荆坡（原蒲县食品公司）—天嘉庄（柏山后山路起点）全长2.006千米、宽28米的城市道路。令人欣慰的是荆嘉路指挥部的工作人员，在征地拆迁以及施工中，碰到阻力妥善应对，出现纠纷及时化解，遇到难题设法克服。像这样一丝不苟、雷厉风行是其往日的一贯作风。

欸乃曲·建桥

拨弄砂石工匠拥，

手锤铁錾撞击声。

千军万马战山谷，

挥洒汗滴凝彩虹。

题注：

"欸（ǎi）乃曲"，犹船歌。这首词撷（xié）取了当年薛关大桥施工的一幕。

那是1978年冬，临（临汾）大（大宁）公路蒲县薛关——隰县川口段新开路基全线竣工，修路指挥部原班人马从井沟转移到大桥指挥部——薛关村东的几孔土窑洞。

薛关大桥位于薛关村东头的昕水河上，设计为双向二车道，净跨6—16米空腹式石拱桥。工期要求，开春前完成基础部分，汛期前完成主拱合龙。当时，施工手段还很落后，材料进场后，全靠肩扛人挑来完成，可喜的是经过全体人员的共同努力，如期于 1979 年 10 月 1 日剪彩通车！

那时，我在指挥部从事出纳工作，偶尔也参加工地劳动，平时站在指挥部大门口就能俯瞰河滩热闹的劳动场面。

如今，老桥已经废弃，旁边建了一座新桥。

七绝·建站

村村铺路正当即，

机具窝工待解题。

筹款救急补短板，

两全齐美趁时宜。

题注：

2004 年，山西全省拉开了建设村村通水泥（油）路工程的序幕，蒲县开工项目因施工机具和沥青混合料的制约，直接影响到工程进展。为了突破这一瓶颈，2005 年蒲县交通局以自筹资金、自产自销的模式，在岔堡线 9 千米处（乔家湾乡窑湾村），投资新建了一座 1000 型沥青拌和站，购置了沥青摊铺机，二轮、三轮压路机，沥青洒布机等施工专用设备。这一举措既解决了工程急需，又为今后日常养护奠定了基础。

七绝·参保

经费拮据顾两金，

筹集百万补窟窿。

谏言施策度时舛，

不惧微辞应众心。

题注：

夯实基础，从长计议，需从凝聚人心、稳定队伍、提振士气做起。2004 年交通局把职工参保列入日程，2005 年共补缴了近百名自收自支人员的养老保险费和医疗保险费。

七绝·登高

交通大院旧妆容，

咬定一新不放松。

筑就高层登榜首，

乘梯攀跃探星辰①。

①乘梯攀越探星辰：梯，指电梯。探，摸取。当时交通大厦在县城行政办公楼中是最高的，也是唯一一家使用电梯的。

题注：

我这个人性格内向,外柔内刚,没有什么业余爱好,平常好琢磨个事。2003 年 11 月到蒲县交通局就任后,根据职工反映,再看看别人家的办公环境,心里就有了改造旧办公院落和新建职工住宅楼的想法。从 2005 年初两项工程相继启动, 2006 年国庆节七层戴帽并配有电梯的交通大厦落成剪彩, 2007 年含地下室车库总高八层的住宅楼陆续交付使用。

十六字令·考驾照（仄韵格）

喜！
结伴同行曹县迈。
讯息真，
老手上车快。

喜！
千里路途一礼拜。
正冬闲，
时日无妨碍。

喜！
学费才交千数块。
速成班，
新证回时带。

题注：

小词三阕，词格参照林克胜著《词谱律析》下册997页《十六字令》仄韵格变体。七言与五言皆仄起仄收。

我的 B 本驾驶证于 1989 年冬在山东省菏泽市（古称曹县）交警队考取。当时菏泽和临汾相比，花的时间短，交的费用少，有驾驶基础的领证快。本地好多年轻人都选择前往菏泽考取驾照。

五律·咏自学

无意翻资料，

好奇吸眼球。

蓝图映脑海，

专业涌心头。

平竖一条线，

高低万仞沟。

逐符逐字啃，

饭碗卷中求。

题注：

说起自学入门，依然记忆犹新。1978年秋我从县建筑社调到了县交通局，领导安排我到临大公路薛关（蒲县）—川口（隰县）段新开路基指挥部（井沟村）接出纳一职。在一个新的工作环境里，不知不觉我被同事办公桌上一摞摞图纸和上面弯弯曲曲、高高低低的线条所吸引，修路还这么复杂？好奇心驱使我爱上了这一行。于是，在随后的一段时间里，我利用闲暇时间（点着煤油灯）看完了测量、设计、制图、预算、地质、土壤、材料、施工、放线等中专技工方面的课本和书籍。

第二年秋季临汾地区公路总段测设队测量薛关至古县公路时我就跟着实地操作了。从此与路结下了不解之缘。施工员工作风吹日晒，对于那些条件优越者来说那是一份苦差事，而对我，相比种地、当小工已经很轻松了。

刚到指挥部的那年春节，我和同事我们两个年轻人主动报名留下来值班，过年自己蒸的馍又硬又酸，凑合着填肚子，倒也没有什么不爽，就是到了除夕有点冷清、孤单、念家的滋味。

七律·学与钻

甲子轮回岁月惆，

生活接力紧思谋。

笃学识字权当乐，

泼墨挥毫图自由。

古曲新词歌兴致，

名言警句叙风流。

一横一竖光阴苒，

漫步等闲志不休。

家 庭 人 文 编

七律·童趣（二首）

一

楸樗树下老宅院，

偏僻砖窝憨少年。

推磨吆牛不明起，

拾柴挑水难早眠。

收秋结伴满山跑，

播种顺沟光脚颠。

初露小苗众人爱，

久逢亲友疏也粘。

二

昔日山沟别有天，

权拿旷野当游园。

春来屋顶燕子叫，

秋至鸡群雏雉①添。

盛夏冲凉潭里泡，

严冬图暖草垛钻。

如今倡导乡村旅，

效仿童年应景难？

---

① 雏雉：chú zhì，小野鸡。雏：幼小（多指鸟类）。雉：鸟，形像鸡，通称野鸡，亦称山鸡。

如梦令·瞧医

身心遭受侵袭，

愁容亦露生机。

命运在捉弄，

一时陷入迷离。

别急，

别急，

医学专克顽疾。

洋钳剪断淤积，

银针穿越胸肌。

靶点指磨影①，

---

① 磨影：磨玻璃阴影的简称。（医学术语）

轻声细语还击。

悟之，

悟之，

叹服就诊分级。

题注：

《如梦令》双调平韵格变体，依照林克胜著《词谱律析》下册 1040 页 2 式填之。

我于 2013 年 10 月在山西医科大第一附属医院体检，肺部 CT 发现右肺磨玻璃阴影，并持续多次复诊观察，两年后有了明显变化。北京三〇一医院诊断：右肺上叶周围型中分化腺癌，并于 2015 年 12 月 14 日由胸外一病区田晓东大夫行胸腔镜下右肺上叶切除术。

如梦令·静养

愁眉锁眼独行，

南国腹地扎营。

平步踩云雾，

休身溪水花丛。

揪心，

揪心，

凝眸夜色繁星。

小城负氧飙升，

餐桌野味丰盈。

旭日照别墅，

八方翁媪①齐鸣。

---

① 翁媪：老翁与老妇的并称。

难融，

难融，

少了世故人情。

题注：

多年来，我特别怕冷，尤其是天气转凉两个脚腕最为明显。2015年底又做了肺部微创手术，身体亟须恢复。大儿子建议我放下接送孙女上下学之事，去海南疗养。有全家人的催促，有大女儿和外孙女沿途陪伴，我于2016年4月9日正式加入了五指山候鸟队伍。独自一人在那里整整住了三年，后又转至海口和老伴一块度过了三个冬春。

我曾梦见算命先生说，我宜去出生地以南生活、发展，现在回想起来，几十年学习、工作都在出生地以南，退下来后，一年多数时间居于海南。这不正应了我做的那个梦吗？

五绝·咏别

闻鸡惊断肠，

岁首恨空床。

泪洒新春日，

哀怜慈母伤。

题注：

　　母亲亢灵秀，1924 年出生于蒲县西平垣耳里村。2017 年农历正月初三，年迈的母亲因髋骨骨折卧榻近三年离世，享年 93 岁。

忆父亲（挽联）

昔日鸿运，

一腔抱负，

进城闯业挎洋枪。

几许笔墨，

教书育人[①]树德风。

炕作伴、

夜挑油灯撰家谱[②]；

　　[①] 教书育人：中华人民共和国成立后，父亲曾一段时间在本村夜校扫盲（兼），在克城任教。

　　[②] 撰家谱：父亲和堂叔金龙合著《双家纪实辑要》一书。

新朝厚恩，

两种抉择，

弃暗投明归梓里。

多年寒窗，

忍痛割爱别至亲[1]。

地为邻、

躬耕沃土奉平生！

题注：

父亲双纪泽（小名：锁元），1923年生，初中就读于山西省立第三联合中学校（校址：蒲县柏山庙），毕业后就职于太原警察局外四分局，太原解放前夕任督导员，解放后返乡。1998年病故，享年75岁。

----

[1] 别至亲：因历史问题，父亲在阳泉某煤矿劳改十年，从事瓦斯员等工种。

挽母亲（挽联）

如松如鹤，

熬过多少不眠夜。

想，把犁踩耱①，

担水拾柴，

克勤克俭，

埋头孤守，

耕耘五色土②；

---

①耱：用荆条编的农具，4尺多长，1尺多宽，用牲口牵引，人踩在上面磨地（平整刚犁过的地）。

②五色土：指青、红、白、黑、黄五种颜色的土。这里寓意着五福：寿、富、贵、安乐、子孙兴旺。

多寿多福，

唤来家门满堂春。

念，扶老揆童，

走亲访友，

知热知寒，

身体力行，

撑起一方天！

鹧鸪天·起家

黄土山凹杨柳插,

肩扛牛曳把根扎。

河沿麻库^①鸭嬉水,

村傍菜园鸡舔芽。

妯娌助,

弟兄拉,

四邻和睦众人夸。

后生立志漂泊外,

先祖勤劳驻守家。

---

①麻库:方言。在河畔宽阔处用土石围成蓄水池,用于日常浇地、饮牲畜,秋后村民们沤(òu)麻。

题注：

位于蒲县县城东北约 60 华里的石门山脚下的河底村，住着十几户双姓人家。据《双家纪实辑要》记载，双家高祖一担挑二子从山西交城起身落脚于刘仙村，从第四世迁至河底村（今属太林乡），迄今生息繁衍十三代，大约四百年历史。

双家老宅，巧借地势，坐北朝南，高低错落，一联五套砖木结构四合院，院里石条镶边大方砖铺面，东、西楼梯整块石条层层砌筑，极显高贵，大门外条砖镶边石板铺路，上马石、拴马环、石柱、石鼓，整整齐齐，成排成对，二门外鼓手所、石磨、羊圈、茅厕，各种设施应有尽有。院旁先辈们栽植了不少楸树和樗(chū)树（又称椿树）以及杨柳树。村前有一棵繁茂的大杨树（神树），一座二郎庙，十里八乡小有名气。记忆中我家住的那一个院，最多时有七八户，三四十口人。

少年游·过年（二首）

一

又逢岁末忆童年，

愁坏睡中男。

吆驴推磨，

拉牛赶碾，

懒觉莫沾边。

大人孩子常熬夜，

腊月哪得闲？

炸份油糕，

点锅豆腐，

碟碗要齐全。

二

梦中声震爆竹燃，

睁眼到窗前。

这户香飘，

那屋蜡亮，

敬献祖和天。

村头锣鼓叮咚响，

媳妇拜新年。

一壶温酒，

几碟馏菜，

节日尽情欢。

题注：

《过年》是儿时的记忆。小时候在农村过年，进了腊月门就开始准备年货，越近年关越忙。先备米面油盐，后是蒸炸炖熬，样样齐全。

大年初一，天不亮起床，在院里点着头天晚上架好的柴火堆，孩子们围着火炉放鞭炮，俗称"接神"。早饭前先敬天、敬地、敬灶王爷、敬祖先（影神）。早饭后，头一年的新媳妇还有晚辈们都要依照本家的规矩给影神和长辈拜年。

献家亲（献影神）。按风俗掌管家亲的是宗族里辈分高、年龄长者，除夕在自家正堂，摆上八仙桌，供奉祖先，家家户户要献菜、献馍，上香、磕头，直到初五（亦称"破五"）送走。嫁出去的姑娘不许见家亲，所以有了过了破五（正月初五）回娘家的规矩。

忆故人·半生缘（仄韵格）

人世无常，

哪知福祸何时历。

善良淳厚也徒然，

难免遭非礼。

冷雨凄风野地。

怎能堪、

深秋晦气？

几回提笔，

生怕勾愁，

欲书又止。

家景渐丰，

安居乐业红尘丽。

何尝不想享繁华，

只怨天公觅。

好似梦中游戏。

小独院、

少了暖意。

操持家务，

应酬世故，

又谁相倚？

题注：

　　1998 年是我平生最戚哀的时日。心里避讳，却又难忘。前半年，享年 75 岁的父亲于农历三月初诊断为肺癌脑转移，于农历五月二十四日去世。后半年，时年 43 岁的妻子田秀珍，突发脑出血，住院抢救一周，于农历九月二十三日撒手人寰。

七律·牵手

岂知不惑喜双成，

妃耦①淡妆简入门。

锅碗瓢盆藏世事，

言谈举止重人伦。

儿婚女嫁整衣髻②，

头眩眼花陪后生。

宽厚仁慈能礼让，

余年竭力并肩行。

---

① 妃耦：fēi ǒu 配偶。

② 髻：jì，在头顶或脑后盘成各种形状的头发。发髻、蝴蝶儿髻。

满庭芳·新年吟

打鼓敲锣，

张灯结彩，

几分热闹是从前。

春意正浓，

略带点滴寒。

多少不堪往事，

再回首、

化作云烟。

厅堂里，

优雅恬静，

能有几人环。

过节尊古训，

一壶玉液，

十锦盘餐。

必燃蜡敬香，

祭祖祈天。

恪守民风礼数，

重孝道、

世代流传。

团圆夜，

心潮涌动，

欲诉与谁言？

题注：

自打子女工作、学习落脚于省城太原后，家的重心就跟着转移了。从 2005 年起，妻子就开始入厨了，从此就吃住到一起，也省得各自在外面租房了。但每年春节一家子总要回老家陪母亲过个团圆年。去年（2017 年）年迈的母亲走了，县城的房子也卖了。今年春节一家人自然就在太原团聚了，但几个大孩子都还要顾及自己的家……

七律·怜家

香消玉殒二十年，

老少推门谁应言？

夜寂星繁待时运，

情真意切续姻缘。

宠儿娇女正逐梦，

孙女外孙将跃园。

高考小儿亦年长，

愿如及早把丁添。

题注：

嫡妻田秀珍，今年（2018年）离开我们整整二十年，膝下一男二女，均已立业成家为人父母，孙女、外孙女、外孙子，相继上了小学、幼儿园。

续弦宋桂莲生育一男，于2023年毕业于太原师范学院政治学与行政学专业，目前正复习考研究生。寄希望小儿子尽早成家立业，让我早日抱个胖孙子，延续我河底双家大门香火。

五绝·乡情

燕叫声迷人，

桃苏花缀丘。

春回满目景，

还数老宅楼。

题注：

　　每年清明节要回老家扫墓，但今年（2020 年）是母亲三周年，也是家人最全的一次。最让我留恋的还是那年久失修的老宅院、儿时爬上爬下的东楼西楼，还有房前屋后再熟悉不过的小路。

潇湘神·中元节

杨树神[①]，

杨树神，

节期俗例渗其中。

饭谷弯腰行孝悌，

子麻拱手道家风。

---

①杨树神：指老家村前（二郎庙后地头）的那棵老
杨树，人称上神树。枝繁叶茂，树围有五六米，老人们
记得就是那样，谁也说不清它的树龄，每逢初一、十五
有村民在此烧香祈祷，都说很灵应。它是全村人的精神
寄托。后来，被生产队砍伐，木质密实，板材上乘，有
别于普通杨树。

题注：

农历七月十五日——中元节。记忆中，但凡村里有老人过世，第二年农历七月十五日主家就要操办一场祭祀仪式。在自家大厅里放好八仙桌，遗像挂在正上方，左边竖一苗连根带秆的麻，右边竖一苗连根带秆的谷，桌上摆上献菜以及香烛纸表等，十四日晚把逝者的英灵从土地庙（村外十字路口处）接回献上，十五日上午举行祭祀仪式，下午再送走（接的地点）。

祭式，直系亲属备大馍一份（4个）、猪头等，方圆邻居、好友备大馍（内填土豆）一份（4个）或随心献品，分别行叩首礼。

招待主餐为十五日中午，地里新摘的南瓜、豆角，新刨的土豆、白菜，配粉条猪肉炖烩菜，主食以献馍为主。

谷子：分黍谷和饭谷（硬谷）。黍谷碾成米可做蒸饭，把米磨成面可炸年糕；饭谷苗壮秆硬，碾成米可熬粥食用。祭祀用：饭谷，寓意为腰杆子硬，有担当。

麻：分为花麻和子麻。花麻只开花不结籽，沤了的麻皮可纺绳，且纺的绳子优于子麻；子麻既开花又结籽，皮可拧绳，籽可榨油（麻油）。祭祀用：子麻，寓意为人丁兴旺。

破阵子·呵护

倾动双门童叟，
絮叨姐弟情缘。
一事挂心从不叙，
四处托人空少言，
长存细语间。

敬友知疼着痒，
待亲唠暖嘘寒。
想起高烧急询诊，
听到钉扎忙探前，
犹如慈母牵。

题注：

  我的姐姐张振英家住蒲县东关岩背后。其父张士进（小名：双发原）从小过继于姑父张一奉（蒲县北关）。

  我们是叔伯姊妹，她整整年长我二十岁。在我年幼时，给我买红木碗、红木勺、绒兔玩具。等我长大后，让姐夫给我找工作，调动工作落脚于县城。一次我高烧，躺在她家炕上，她让邻居马医生给我打吊针，十几天高烧不退，急得她把伯伯叫来给我挑"羊毛疗"。还有一次，我在建筑社化肥厂工地上班时，不小心踩着模型板，一寸长的铁钉子扎到了我的左脚心，她让我住在她家养伤。

  我没有亲姊妹兄弟，姐姐是我唯一依靠的人，也是关心我最多的，我是由衷地敬重。

五律·新院

家业立城郭，

平屋迎主人。

身居院一座，

宅占地三分。

西壁金鸡晓，

东门贵客盈。

菜园花正茂，

小户日子新。

赋 闲 拾 趣

题注：

　　我的童年是在距离县城东北 60 华里的河底村度过的。在我还记不清事的时侯，祖父母相继去世，母亲一边务农一边拉扯着我，直到我十一岁那年父亲归来，直到我们一家三口期盼的团圆。

　　走出小山村，城里安个窝，是我人生最初的一个愿望。

　　1986 年在朋友关照下买了位于县城荆坡老场里（荆坡通往天嘉庄老路边）3 分多地皮。我亲手设计绘图（包括做饭、供暖两用锅炉图），父亲昼夜住在工地看管材料，经过不到一年的努力，一处坐北朝南三间现浇顶独院建成了，并配齐一套崭新的家具、家电，于 1987 年中秋节喜迁新居。院子里每年种有豆角、西红柿、茄子、黄瓜、白菜、白萝卜、红萝卜各种蔬菜。一派农家气息，温馨自然。直到 1998 年迁往县城北关城建局新建家属楼，整整住了 11 年。于 2001 年将小院出手。

七绝·小院吟

窗外杏花一树开，
桃园二巷大白来。
调兵遣将忙布阵，
共克时艰驱疠霾！

赋 闲 拾 趣

题注：

小院，太原市迎泽区桃园南路西二巷 12 号。掐指一算，我家住到这里足足 17 年了。后窗隔着一条小巷长着一棵杏树，这几天杏花开得正旺。

桃园，桃园路。公元 1930 年前后，太原阳曲党氏花钱买下汾河与城垣间的郊野荒滩，并栽植了桃树、杏树，踏春的人络绎不绝。桃园路由此而得名。

大白，这里指防疫人员。2022 年 4 月 6 日早饭后，我透过玻璃窗看见有二三辆小车，停在了我们 12 号院的门口，车上下来几个人，穿西服的、穿红马夹的、穿防护服的、穿警服的，把大门用彩带拦了起来，并派人值守。小区人员只准进不准出。紧接着工作人员对各住户进行人员摸底登记（这是小店区封了的第四天，家里就我一个人）。原来是隔壁楼里有人感染新冠肺炎。当天夜里 12 点左右医务人员上门采样做核酸。第二天中午，小区居住的 50 多口人被转至朝阳街 76 号煤海宾馆，集中隔离医学观察了 9 天。

在集中隔离期间，邻居们个个心照不宣，积极配合，量体温、做核酸、测抗原。工作人员每天送水送饭，帮购物，解疑难，因而大家更能理解身处一线防疫人员的艰辛和不易。

闲 游 心 得 编

沁园春·西欧七国游

穿越长空，

驰骋城邦，

游走画轩。

览铁塔①高耸，

皇家珍品②;

题注:

2015年10月，为期半个月的荷兰、意大利、德国、瑞士、法国、比利时、梵蒂冈七国游。

---

①铁塔：埃菲尔铁塔的简称。耸立在法国巴黎塞纳河南岸战神广场。建成于1889年，得名于设计它的著名建筑师、结构工程师古斯塔夫·埃菲尔。塔高324米，一、二楼设有餐厅，三楼为观景台。

②珍品：指法国卢浮宫收藏的40多万件艺术品，最具代表性的是镇宫三宝：断臂维纳斯雕像、蒙娜丽莎油画和胜利女神石雕。

凯旋①厚重，

塞纳②名篇。

雾漫群峰，

客拥新堡③，

王子千金童话传。

水乡④美，

望轻舟荡漾，

---

① 凯旋：凯旋门。位于法国巴黎戴高乐广场中央。市区12条大街都以凯旋门为中心，向四周放射。为了纪念拿破仑1805年12月在奥斯特尔里茨战役中打败俄、奥联军而建造。

② 塞纳：塞纳河。是法国北部大河，全长776.6千米，从东南经巴黎市区沿西北方向入英吉利海峡。两岸建筑古色古香，可谓千古杰作。

③ 新堡：新天鹅石城堡的简称。它是巴伐利亚国王路德维希二世（王子）和表妹索菲（千金）的爱情之堡。是迪斯尼城堡的原型，是德国上万个城堡中最著名的一座，也是德国境内最受欢迎的旅游景点之一。

④ 水乡：意大利威尼斯城。

鸟应人欢。

教廷[①]游说神权，

信徒聚、

低头祷告天。

叹尿童铜像[②]，

排雷一将；

古城遗迹，

艺苑三仙[③]。

---

①教廷：指天主教会的最高领导机构——罗马教廷，也是梵蒂冈城国的政府。

②尿童铜像：早在十四世纪时，西班牙占领者撤离布鲁塞尔时，要炸毁这座城，小男孩于廉夜间出去撒尿，浇灭了引爆的导火索，拯救了这座城市。当时的政府为了纪念这个小英雄而设计建造了撒尿童子铜塑像。

③三仙：指达芬奇、米开朗基罗、拉斐尔三位大师。

少女①行云，

琉森②贮雨，

雪朗峰巅全景餐③。

风车④静，

赞花香四溢，

一派悠然。

---

①少女：和雪朗峰对峙的少女峰。是瑞士阿尔卑斯山脉一座高而尖的山峰，被联合国教科文祖织列入《世界自然遗产录》，

②琉森：琉森湖。瑞士联邦的发祥地。

③全景餐：雪朗峰顶 360° 旋转全景餐厅，位于瑞士因特拉肯正南处的阿尔卑斯山群山之中。

④风车：荷兰素有"风车之国""低洼之国"之称。首都阿姆斯特丹市素有"水下城市"之称，市花郁金香，红灯区闻名遐迩。

七律·大同行

炸糕红酒注乡情，

烧麦羊杂得美名。

塞上还原古镇貌，

石窟再现魏都风。

获悉木塔鲁班造，

敬献颛顼①大殿行。

欣喜之余回眼望，

出乎意料把根寻。

①颛顼: zhuān xū，公元前2342年—公元前2245年，中国上古部落联盟首领，三皇（燧皇、羲皇、炎皇）五帝（黄帝、颛顼、帝喾、尧帝、舜帝）之一。

北岳恒山位于山西省浑源县城南4千米处，与东岳泰山、西岳华山、南岳衡山、中岳嵩山并称五岳。供奉主神——颛顼帝。后裔：双姓、蒙姓。

题注:

　　2016 年 9 月 3 日至 6 日，我们五位老同学从太原驱车前往大同，看望高中时的一位同学。品尝了老同学亲手做的羊杂汤、油炸糕、葡萄酒，游览了云冈石窟、北岳恒山、悬空寺、应县木塔、大同古城等名胜古迹。

八声甘州·题美国加拿大

幸东西万里路一程。

难得九城①游。

览夏威夷②岛，

檀香山夜，

两眼含羞。

漫步千年胜境，

---

①九城：夏威夷、洛杉矶、拉斯维加斯、芝加哥、华盛顿、费城、纽约、多伦多、温哥华。

②夏威夷：夏威夷州，首府火奴鲁鲁，位于太平洋夏威夷群岛中瓦胡岛的东南角，延伸于滨河平原上。火奴鲁鲁气候温和，年均24℃。在夏威夷语当中火奴鲁鲁意为"屏蔽之湾"。由于早期盛产檀香木，并且大量运到中国，而被华人称为檀香山。

宝翠①誉环球。

瀑布②邻邦挂，

咆哮横流。

体验纽约航展③，

---

①宝翠：一座家族花园，也是世界著名的第二大花园。坐落于加拿大不列颠哥伦比亚省温哥华岛中萨尼奇的布伦活湾，距省府维多利亚约21千米。1904年至1939年在珍妮·布查特夫妇指导下，由一座废弃的采石场打造而成，经过几代人的努力，现已成为世界园艺艺术领域中的一枝奇葩。

②瀑布：尼亚加拉瀑布。位于加拿大安大略省和美国纽约州的交界处，瀑布源头为尼亚加拉河，加拿大境内是瀑布的最佳观赏地。尼亚加拉瀑布与伊瓜苏瀑布、维多利亚瀑布并称为世界三大跨国瀑布，号称世界七大奇景之一。

③纽约航展：美国航空航天中心，游客可亲自操作各种航空航天模型，一显身手，令人大饱眼福。

品费城①古韵，

不住回眸。

赏白宫②草甸，

晚宴度中秋。

好莱坞、

众星捧月，

望风城③、

满目矗高楼。

---

① 费城：美国最早的历史名城。1790—1800 年，在华盛顿建市前曾是美国的首都，因此在美国史上有非常重要的地位。

② 白宫：华盛顿总统官邸，旁边是雄伟的国会大厦。游人在绿茵丛、湖水边安闲自得。考察团的国庆中秋晚宴就被安排在白宫附近。

③ 风城：芝加哥的别称。

赋 闲 拾 趣

淘金处^①、

任迷徒赌，

神往难休。

题注：

2006 年 9 月下旬，临汾市交通局组织各县市交通局局长，赴美国、加拿大进行为期半个月的交通考察见闻。

①淘金处：指拉斯维加斯。拥有"世界娱乐之都"和"结婚之都"的美称。位居世界四大赌城之首。俯视夜幕下的都市，灯光如同繁星；天幕电影，探照着夜空；奢华赌场，相拥酒楼，有"不夜城"之称。

八声甘州·澳大利亚新西兰游记

望大洋景致好流连，

绿水映青山。

喜贝壳①雄伟，

花廊壮阔，

游客情酣。

浴场沙滩冲浪②，

观海望云天。

野趣农家味，

尽在舌尖。

国宝考拉③袋鼠，

---

① 贝壳：代指悉尼歌剧院。由丹麦建筑师仿贝壳造型而设计。耗时 16 年于 1973 年竣工。

② 浴场沙滩冲浪：指黄金海岸、凯恩斯。

③ 考拉：澳大利亚国宝，也是澳大利亚原始树栖动物。

赋 闲 拾 趣

展剪毛技艺[①]，

热闹林园。

坐翠儿[②]游艇，

捉蟹笑河边。

墨尔本、

一天四季，

库克屋[③]、

船长故居迁，

迎宾曲[④]、

伴哈咔舞 ，

远古遗篇。

①剪毛技艺：剪羊毛表演，一只羊只需5分钟。

②翠儿：翠儿河。

③库克屋：库克船长故居。库克是第一位发现澳大利亚新大陆的英国人。为了纪念这位航海家，1934年澳大利亚一位富商花巨资，把库克船长位于英国的旧宅买下，一砖一瓦拆下编号，用船运到墨尔本，照原样建造好，供游人参观。

④迎宾曲：新西兰毛利人表演的哈咔舞。

唐多令·日本本州游

声誉凯撒牛，

团餐大阪优。

豆腐汤^①、滑向咽喉。

手卷饭团流水面，

螃蟹宴^②、占鳌头。

宝库奈良^③留，

---

　① 豆腐汤：当地的名优小吃。神户牛肉在日本并不是最有名的。

　② 螃蟹宴：旅行社特意订制的具有地方特色的纯螃蟹宴。

　③ 奈良：奈良市，日本历史发祥地。拥有众多国宝级历史遗迹。

金阁神社①楼。

富士山、风雪飕飕。

银座皇居东大寺②,

系伊豆③、舞一流。

题注:

2015 年 8 月,我和妻子趁小儿子放暑假,三口人参加凯撒旅行团赴日本(东京、名古屋、京都、箱根、大阪、伊豆)等地的七日精致之游。

———————

①金阁神社:金阁,即金阁寺,又称鹿苑寺。原为足利义满将军的山庄,后改为禅寺。神社,即神宫。日本有众多神社,如:河合神社—美丽神;护王神社—腰部和足部健康神;御发神社—头和头发神;飞行神社—飞行神等。楼宇建筑小巧精美。

②银座皇居东大寺:银座,东京商业圈。皇居,是江户幕府在 1657 年所建的城堡,1888 年成为日本天皇居所。东大寺,位于平城京(今奈良),是南部七大寺之一。

③系伊豆:系,留意。伊豆,伊豆市,位于静冈县,伊豆歌舞蜚声海外。

唐多令·韩国七日游

顿顿火锅烧，

餐餐泡菜捞。

小而精、样样经瞧。

首尔府前皆古景，

三八线、暗通朝①。

柑果保肝胶，

红参护体膏。

购物狂、瘪了钱包。

---

① 暗通朝：朝韩地界下有朝方挖的地下工事能通到韩方境内，现有一段对游客开放。

小岛济州无扒手[1]，

民俗院、自由巢。

题注：

2013年9月和蒲县老乡赴韩国旅游。

① 无扒手：据导游介绍，济州岛无小偷小摸，夜不闭户。

南歌子·题宝岛

车走寻常路，

心怀别样情。

沿途景色数餐厅①，

长发翩翩飞舞、

女强人。

峭壁花莲美，

---

① 沿途景色数餐厅：赴台北首站用餐地——五角船板餐厅。据说这家餐馆是位女老板，生意从乡下做到了台北，在台北买了一块地皮建饭店，亲自绘图设计，建筑外形犹如美女飘逸的金发，在周围的建筑群里式样很别致，颇有名气。

汽车旅馆明[①]。

熟知宝岛乃家珍，

野柳玉山雪霸[②]、

地生金。

题注：

2012年3月，临汾市交通局组织各县市交通局局长赴台湾考察交通。

①汽车旅馆明：台湾南部地区随处可见汽车旅馆，据说是带有夜生活色彩的合法场所。

②野柳玉山雪霸：野柳、玉山、雪霸皆为自然景点名。

南歌子·港澳游记

青马屿间月^①，

机坪海上舟^②。

维多利亚汽笛牛，

鸟瞰香江夜景、

亮中幽。

高塔凌空峭，

莲花漫地优。

炮台妈祖佑行舟，

---

①青马屿间月：比喻香港青马大桥像弯弯月亮一样，高悬在青衣岛和马湾岛之间。它是全球最长的铁路、公路两用吊桥，也是香港陆海空三位一体之景观。

②机坪海上舟：远眺香港国际机场犹如海上一叶舟。

依附三巴圣迹、

赌徒求。

题注：

2013年国庆假期，我们一家10口组团赴港澳观光旅游。

港式早茶：凤爪、叉烧包、莲蓉包、虾饺、糯米鸡、鲜虾肠几十种小吃，满桌小碟小碗。从早晨5点至中午11点，食客们络绎不绝，一边吃一边聊天，难得的惬意。至今，那温馨的场面不时还浮现在我的脑海里。

临江仙·夜航①

隐隐约约灯火亮，

宛如海上霓虹。

呜呜萦耳汽笛声。

码头排队候，

回首似长龙。

铁甲推开千里浪，

冷风抽打衣襟。

鼾息②机噪到清晨。

赶行择水路，

夜载梦乡人。

---

① 2017 年 4 月初于北海—海口夜班船上。

② 鼾息：睡着时粗重的呼吸声。

七律·南京一隅

桥贯古都扬美名，

江游小艇进金陵。

紫金山麓中山墓，

宣武湖边清帝宫①。

夫子庙前香火旺，

秦淮河上蜡烛明。

沿街雪松②迎宾客，

遍地梅花③迷路人。

---

① 清帝宫：清朝康熙皇帝六下江南的行宫（现总统府）。

② 雪松：南京市市树。

③ 梅花：梅花山，地处著名的钟山风景区南部边缘，与无锡梅园、淀山湖梅园，以及东湖梅园并称为中国四大梅园，堪称"天下第一梅山"。

望海潮·香格里拉

心中日月，

世间禅侣，

自然游兴勃发。

虎跳大峡，

车驰雪域，

山川一睹惊呀！

双目抢先达。

望高原幽谷，

碧草牛娃。

头顶蓝天，

脚登栈道赏云霞。

金沙江畔繁华。

念悠悠马队，

攘攘商家。

神曲果谐①，

薯香宵夜，

扎西卓玛②清佳。

篝火煮油茶。

正盛情祝愿，

揖礼祈安。

岂止能歌善舞，

还有幸福花③。

---

①果谐："锅庄"舞蹈，藏语为圆圈歌舞之意。

②扎西卓玛：扎西，藏族对男子的称呼。藏语音译
"吉祥"。卓玛，藏族对女子的称呼。意思是一个很美
丽的女神。

③幸福花：即格桑花。

题注：

　　2017年国庆前夕，我们同学一行六人赴昆明、石林、楚雄、大理、丽江、香格丽拉、西双版纳自由行。

　　香格里拉：藏语意为"心中的日月"。最早出现于二十世纪三十年代英国作家詹姆斯·希尔顿的著名小说《消失的地平线》中，为世人向往，不久便被拍成电影并获多项奥斯卡奖，更使其为世人所熟知，并冠以"世外桃源"之美称。

七律·只身游混明

香炷氤氲鸣凤山，

佳节金殿戏声酣。

大观楼里赏名句，

滇水池边用小餐。

灯火绕檐节日丽，

春城漫步月亮圆。

纵然满目玫瑰饼，

难抑心头愁绪燃。

题注：

2017 年中秋游览了昆明鸣凤山繁华的金殿、大观楼。虽然节日的景点很繁华很美丽，但我的心里却有一种"每逢佳节倍思亲"的孤独慨叹。

金殿，位于昆明城东约 7 千米处的鸣凤山上。因大殿用黄铜铸成，故而得名"金殿"，又称为铜瓦寺。创建于明万历三十年（1602 年），康熙十年（1671 年）由平西王吴三桂重新修葺（qì）。梁柱、斗拱、门窗、瓦顶、真武大帝造像、供案、帏幔、盘龙、匾额、楹联等用 200 吨纯铜铸成。

大观楼，位于昆明城西南的滇池之滨。节日的大观公园花团锦簇、灯火通明、人山人海、瓜果飘香。大观楼门两边悬挂着乾隆年间著名诗人孙髯（rán）翁登楼所撰 180 字"海内第一长联"。

上联：五百里滇池奔来眼底，披襟岸帻（zé），喜茫茫空阔无边。看：东骧（xiāng）神骏，西翥（zhù）灵仪，北走蜿蜒，南翔缟（gǎo）素。高人韵士何妨选胜登临。趁蟹屿螺洲，梳裹就风鬟雾鬓；更苹天苇地，点缀些翠羽丹霞。莫辜负：四围香稻，万顷晴沙，九夏芙蓉，三春杨柳！

下联：数千年往事注到心头，把酒凌虚，叹滚滚英雄谁在？想：汉习楼船，唐标铁柱，宋挥玉斧，元跨革囊。伟烈丰功费尽移山心力。尽珠帘画栋，卷不及暮雨朝云；便断碣（jié）残碑，都付与苍烟落照。只赢得：几杵（chǔ）疏钟，半江渔火，两行秋雁，一枕清霜！

七律·腾冲

关隘小城美誉传，
边陲深谷尽奇观。
温泉遮体浪花涌，
金叶漫村银杏悬。
别墅形成宾主顾，
驼峰削岭客机盘。
当年抗战侨乡地，
今日养生伊甸园。

题注：

2017 年中秋节后，我在腾冲小住了几天。

腾冲位于滇西，市区距省会昆明 606 千米，距缅甸密支那 200 千米，距印度雷多 602 千米，是中国通向南亚的"桥头堡"，是著名的侨乡、文献之邦和翡翠集散地，也是省级历史文化名城。主要旅游景点：滇缅抗战博物馆、国殇墓园、火山热海等。最令人惊叹的是盘在山顶的驼峰机场和遍地金叶玉果的银杏村。

古镇印象

一声笛响万人醒，

两岸浪击沟壑惊。

碛口正圆致富梦，

山窝亦念扶贫经。

街头号①似戏中景，

峡谷道如云里龙。

昔日繁华不复在，

今朝重塑黄河魂②。

---

① 号：指商店、铺面。

② 今朝重塑黄河魂：指山西新打造的沿黄旅游公路及景点。

题注：

　　近段时间（2018 年 7 月—2018 年 9 月）陪小儿子练车，今天选择翻越太原西山偏僻的小路，跟着导航直奔晋陕峡谷—碛口古镇（碛：qì，浅水中的砂石、浅滩）。这里隶属于山西省吕梁市临县。明清至民国年间有"九曲黄河第一镇"之美誉。现今是一些摄影协会和美院定点的采风和写生地。

　　当你走近黄河的那一刻，你的心情如同黄河里的浪花一样；当你徒步在小镇里，仿佛跨越了时空。

采桑子·逛草原

边城旷野无穷碧，

向往风光。

正在风光，

策马扬鞭，

寻味奶茶香。

套娃广场三邦舞，

身影悠长。

梦幻悠长，

五彩缤纷，

夜色耀邻邦。

题注：

词谱是《添字采桑子》，以女词家李清照词谱填词。

2018年7月26日我们夫妻二人前往呼伦贝尔大草原，游览了海拉尔的成吉思汗广场、森林公园、呼伦湖（蒙古语，意为"海一样的湖"），满洲里的套娃广场、城市夜景、国门等景点，并品尝了俄、蒙演艺餐厅及牧民家宴的美食。

七绝·天池行（二首）

一

景致非凡客路远，
辞别朝日已中天。
宛如参赛跑接力，
只为一眸休火山。

二

仰望崇山多峻险，
车驰半道把心悬。
一轮红日驱云雾，
千顷碧波映眼帘。

题注：

　　长白山天池又称白头山天池，位于吉林省延边州安图县和白山市抚松县境内。十六座山峰围聚，南北长约 4400 米，东西宽约 3370 米，海拔 2189.1 米，最深处 373 米，平均 204 米，水面面积 9.82 平方千米，周长 13.1 千米。这里是松花江、鸭绿江、图们江三江源头，是中国最大的火山湖、中朝两国界湖，世界上最深的高山湖。

　　从长春到长白山天池，路程 420 千米，先后乘动车、长途车、出租车、巴士、面包车分四次中转才能到达。2018 年 8 月 1 日中午，当我们坐在盘旋于高山上的面包车时，心里顿生恐惧，急忙把注意力转移到路旁的白桦林，紧张的心情平静了些许。下车后观光天池分 A 线和 B 线，我们选择了排队人数较少的 B 线。等返回到山下时已经傍晚了。第二天就近去了延边和晖春。

江城子·东方第一村

东方一哨望三国。

赏红荷，

观兵戈①，

图们江畔、

"土"字守山河②。

————————

① 观兵戈：2018 年 8 月我和家人从珲春前往防川，途中参观了"张鼓峰事件"纪念馆——

1938 年 7 月末 8 月初，日、苏两国围绕张鼓峰、沙草峰两个高地展开了一场军事冲突，日军以失败告终，苏军趁机进占了全部张鼓峰，将其划为"苏满（中）界山"，并将洋馆坪一带控制区推进到图们江边，仅给中国留出一条通往防川的狭窄"通道"。

② "土"字守山河：中俄边界立着一块"土"字碑。1858 年清政府与沙俄签署《瑷珲条约》，从此封住了中国一道出海口。距"土"字碑 15 千米是日本海。

洋馆坪堤狭路借[①]，

思尘世，

战穷窝。

题注：

　　"东方第一村"——吉林省珲春市防川风景名胜区。这里是"鸡鸣闻三国，犬吠（fèi）惊三疆，花开香四邻，笑语传三邦"的中、俄、朝鼎足地带。

———————

　　① 洋馆坪堤狭路借：洋馆坪是珲春到防川的必经之地，也是中国最窄的领土，长 88 米，宽 8 米，左侧属于俄国，右侧图们江属于朝鲜。1957 年此段路被江水冲断，我国公民长期借走前苏联领土进出，防川村遂成为一块"飞地"。1983 年我国填江筑堤才有了今天的洋馆坪大道。

五绝·咏南洋

雨注洪流净,

云开赤日强。

经年肤色绿,

半岛伴重洋。

题注:

　　2019年1月8日,我从三亚启程,赴曼谷、芭提雅(泰国)、吉隆坡、马六甲（马来西亚）、新加坡等城市,进行为期十一天跟团游。

武陵春·新马泰游记

岛载列国濒赤道，

数九胜伏天。

沿路观光万绿园，

犹似挂银盘①。

车水马龙都市景，

真品遍坊间。

四海宾朋消遣圈，

炫酷尽情玩。

---

① 银盘：比喻割胶时接胶水的容器。

七绝·登滕王阁有感

红墙碧瓦彩霞映，

翠柏苍松江水迎。

结伴二人览洪府，

历朝将相寻乐亭。

题注：

2019 年 5 月 23 日，我和朋友二人从海口出发前往南昌、庐山、井冈山、景德镇观光游览。"落霞与孤鹜齐飞，秋水共长天一色"道出了登临滕王阁的壮观。

滕王阁，位于江西省南昌市西北部沿江路赣江东岸，公元 653 年唐高祖李渊之子滕王李元婴任洪州（今南昌）都督始建。现存建筑为 1989 年重建，因初唐诗人王勃所作《滕王阁序》而闻名于世，与武汉黄鹤楼、湖南岳阳楼并称为"江南三大名楼"。现为国家 5A 级景区。

七律·陪驾游（二首）

一

难忘一程有趣行，

沿途说道眼中盯。

转弯并线灯光闪，

起步超车鸣号从。

先阅路牌接闹市，

后环高架进石林。

要知礼法文明让，

莫赌飞车盲目争。

二

塞外风光数绿洲，

纳凉解闷享金秋。

车塞天路心发闷，

眼望石崖道最牛。

妫汭①湖边园艺美，

白洋淀里翠莲悠。

奇花异草林荫路，

直奔皇城府上遛。

题注：

2019 年 8 月 23 日至 29 日，我们老两口专程陪伴刚刚取得驾照的小儿子自驾游。起点：太原—杀虎口（右玉县）—草原天路（张北县）—世博园（延庆区）—白洋淀（安新县）—王莽岭（陵川县）—皇城相府（阳城县）—太原。全程行驶 2600 千米。

———————

① 妫汭：（guī ruì)，妫水弯曲的地方。指位于北京市延庆城区妫水河畔的世博园。

踏莎行·高原（仄韵格）

山岭巍巍，

江河湛湛，

冰川雪域何其险！

狂风凛冽眼迷途，

骄阳火辣寒扑面。

天路扶摇，

经幡召唤，

南来北往纷飞雁。

青青草甸牧歌声，

汪汪雍错①牦牛宴。

---

① 雍错：意为碧绿的湖。藏语中，雍，绿松石；错，湖的意思。

题注：

莎：suō，一种名叫"莎草"的植物。

几年前我自驾去过昆仑山口（海拔 4768 米）。2012 年夏天，应老同学之邀一行四人赴西藏旅行。去时坐火车走青藏线，回程时坐飞机到西安返回。

游客们吸着车厢里供给的氧气，穿过青海湖、塔里木盆地、可可西里、唐古拉山口（海拔 5072 米）进入了西藏。一周的行程，目睹了雪山的泥石流，经历了狂风的吹打；见证了雅鲁藏布江的壮阔和佛教徒的虔诚；忘不了温泉煮鸡蛋的味道和高原反应的情形。

七绝·第一次坐飞机

侧耳忽闻滑跑吼，

凌空好似凤翎悠。

沈石一线灯光灿，

心挂半天未少忧。

题注：

　　2000 年 8 月份，临汾市建设局测绘队组织赴泰山、曲阜、烟台、蓬莱、大连、天津旅游。蒲县城建局有我和另 3 位同事报名参加，大连行程结束后，旅行团从天津返回，我们 4 个人另行去了沈阳。回程时，那天傍晚没有直飞太原的航班，我们就近买了沈阳至石家庄的机票，30 个人的小型机颠簸得厉害，这是后来坐了大飞机才有的感受。首次体验了一把既好奇又忐忑的空中旅程。

七律·搀母游

平日守厨难远走，

那天搀母古都游。

近临兵马秦时俑，

远眺长安大雁楼。

沿路风光放眼靓，

驱车霸道座席优。

此行可谓金兰旅，

子敬三春一点酬。

题注：

2007 年，"五一"假期，陪着 84 岁高龄的母亲和 80 高龄的姑母开车去西安让她们开开眼界。随同的有姑姑家表姐、舅舅家表妹。其实，带老人旅游，老人的身体状况、安全、食宿这些都需要特别注意，好在几天的行程安然无恙，也算了却了一份心愿。

2010 年国庆长假期间，我和我的两个女儿一同陪着我的老母亲去了北京，游览了天安门广场、故宫、博物院、颐和园、圆明园等景点。

七绝·咏谢

平日操劳梦应圆,

醉人亮眼选江南。

桂花芦苇水乡景,

回敬一程践诺言。

题注:

 2006 年国庆假期,交通局组织股长、站长赴上海、杭州、南京、苏州、无锡华东五市观光游览。

七绝·登天安门城楼

儿时课本尊容显，

黄瓦红墙彩页编。

久慕登临圆少梦，

心花怒放运承天。

题注：

初识天安门城楼于小学一、二年级的课本里。二十世纪八十年代，随着国内旅游业的日益兴起，作为明清两代皇城的正门，第一批全国重点文物保护单位——天安门城楼，面向游客开放。

1998 年冬，我第一次登上了天安门城楼。那威严的五孔券门，那古朴的青砖坡阶，那庄重的四围立柱，那典雅的亭廊红毯，那巧夺天工的雕镂壁画，栩栩如生，令人肃然起敬，心中的喜悦油然而生。

七绝·走马观花

皇家亭榭古今韵，

学子楼堂欧美风。

兴奋好奇四周顾，

屏声静气独自行。

题注：

1985 年春，因朋友之托我专程去了一趟清华大学。当时清华不像今天这样对游客开放，趁此我在校园里游览了一圈。清代的皇家园林，西洋的建筑风貌，留给我很深的印象。

那是我第一次出远门，一路上隔着列车的玻璃窗，看到两侧一扫而过的广告牌、广告语都很好奇，更别说京城的繁华了。对于从小生活在深山里的我那真是开了眼界。

《笠翁对韵》（附录）

李 渔

按语：《笠翁对韵》为从前人们学习写作近体诗词，用来熟习对仗、用韵、组织词语的启蒙读物，影响较大，今天对于初学者仍有借鉴作用，故录该文（商务印书馆2015年版，林克胜著《诗律详解》）于此，并对生僻的字、词、句加以注释。

李渔（1611—1680年），原名仙侣，字谪凡，号天徒，后改名渔，字笠鸿，号笠翁，别号觉世官、笠道人、随庵主人、湖上笠翁等。浙江兰溪人。明末清初著名的戏曲和小说作家。

卷 上

一 东

天对地，雨对风。大陆对长空。山花对海树，赤日对苍穹。雷隐隐，雾蒙蒙。日下对天中。

风高秋月白，雨霁晚霞红。牛女二星河左右，参（shēn）商两曜斗西东。十月塞边，飒飒塞霜惊成旅；三冬江上，漫漫朔雪冷渔翁。

河对汉，绿对红。雨伯对雷公。烟楼对雪洞，月殿对天宫。云叆叇（ài dài），日曈朦。蜡屐（jī）对渔蓬。过天星似箭，吐魄月如弓。驿旅客逢梅子雨，池亭人挹（yì）藕花风。茅店村前，皓月坠林鸡唱韵；板桥路上，青霜锁道马行踪。

山对海，华对嵩（sōng）。四岳对三公。宫花对禁柳，塞雁对江龙。清暑殿，广寒宫。拾翠对题红。庄周梦化蝶，吕望兆飞熊。北牖（yǒu）当风停夏扇，南帘曝（pù）日省（shěng）冬烘。鹤舞楼头，玉笛弄残仙子月；凤翔台上，紫箫吹断美人风。

二冬

晨对午，夏对冬。下饷对高春。青春对白昼，古柏对苍松。垂钓客，荷锄翁。仙鹤对神龙。凤冠珠闪烁，螭（chī）带玉玲珑。三元及第才千顷，一品当朝禄万钟[①]。花萼（è）楼间，仙李盘根调国脉；沉香亭畔，娇杨擅宠起边风。

　　清对淡，薄对浓。暮鼓对晨钟。山茶对石菊，烟锁对云封。金菡萏（hàn dàn），玉芙蓉。绿绮对青锋。早汤先宿（sù）酒，晚食继朝饔（yōng）。唐库金钱能化蝶，延津宝剑会成龙。巫峡浪传，云雨荒唐神女庙；岱宗遥望，儿孙罗列丈人峰。

　　繁对简，叠对重。意懒对心慵。仙翁对释伴，道范对儒宗。花灼灼（zhuó），草茸茸（róng）。浪蝶对狂蜂。数竿君子竹，五树大夫松。高皇灭项凭三杰，虞帝承尧殛（jí）四凶。内苑佳人，满地风光愁不尽；边关过客，连天烟草憾无穷。

　　① 三元及第才千顷，一品当朝禄万钟：意思是科举考试时，连中三元的人，肯定是才华横溢的，就像千顷田野一般博大精深，在朝中官居一品，俸禄高达有万钟粮食。

三江

　　奇对偶，只对双。大海对长江。金盘对玉盏，宝烛对银钉（gāng）。朱漆槛，碧纱窗。舞调对歌腔。兴汉推马武，谏夏著龙逄①（páng）。四收列国群王服，三筑高城众敌降（xiáng）。跨凤登台，潇洒仙姬秦弄玉；斩蛇当道，英雄天子汉刘邦。

颜对貌，像对庞。步辇（niǎn）对徒杠。停针对搁筑，意懒对心降。灯闪闪，月幢幢。揽辔（pèi）对飞艎（huáng）。柳堤驰骏马，花院吠（fèi）村尨（máng）。酒量微酡（tuó）琼杏颊，香尘没印玉莲双。诗写丹枫，韩女幽怀流御水；泪弹斑竹，舜妃遗憾积湘江。

① 谏夏著龙逢（páng）：即关龙逢。传说是夏桀（jié）王的大臣。他见夏桀无道，淫侈（chǐ）暴虐（nüè），曾强力谏争，结果被夏桀处死。

四 支

泉对石，干对枝。吹竹对弹丝。山亭对水榭，鹦鹉对鸬鹚（lú cí）。五色笔，十香词。泼墨对传卮（zhī）。神奇韩幹①画，雄浑李陵诗。几处花街新夺锦，有人香径淡凝脂。万里烽烟，战士边头争宝塞；一犁膏雨，农夫村外尽乘时。

菹（zū）对醢（hǎi），赋对诗。点漆对描脂。

璠簪对珠履，剑客对琴师。沽酒价，买山资。国色对仙姿。晚霞明似锦，春雨细如丝。柳绊长堤千万树，花横野寺两三枝。紫盖黄旗，天象预占江左地；青袍白马，童谣终应寿阳儿。

箴（zhēn）对赞，缶（fǒu）对卮（zhī）。萤照对蚕丝。轻裾（jū）对长袖，瑞草对灵芝。流涕策，断肠诗。喉舌对腰肢。云中熊虎将，天上凤凰儿。禹庙千年垂橘柚，尧阶三尺覆茅茨。湘竹含烟，腰下轻纱笼珈瑁；海棠经雨，脸边清泪湿胭脂。

争对让，望对思。野葛对山栀。仙风对道骨，天造对人为。专诸剑，博浪椎。经纬对干支。位尊民物主，德重帝王师。望切不妨人去远，心忙无奈马行迟。金屋闭来，赋乞茂林题柱笔；玉楼成后，记须昌谷负囊词。

① 韩幹：唐代画家（约 706—783 年），以画马著称，今陕西蓝田人。

五微

贤对圣，是对非。觉奥对参微。鱼书对雁字，草舍对柴扉。鸡晓唱，雉朝飞。红瘦对绿肥。举杯邀月饮，骑马踏花归。黄盖能成赤壁捷，陈平善解白登危。太白书堂，瀑泉垂地三千尺；孔明祀庙，老柏参天四十围。

戈对甲，幄对帏。荡荡对巍巍。严滩对邵圃，靖菊对夷薇。占鸿渐，采凤飞。虎榜对龙旗。心中罗锦绣，口内吐珠玑。宽宏豁达高皇量，叱咤喑哑霸主威。灭项兴刘，狡兔尽时走狗死；连吴拒魏，貔貅屯处卧龙归^①。

衰对盛，密对稀。祭服对朝衣。鸡窗对雁塔，秋榜对春闱（wéi）。乌衣巷，燕子矶^②（jī）。久别对初归。天姿真窈窕，圣德实光辉。蟠桃紫阙（quē）来金母，岭荔红尘进玉妃。霸王军营，亚父丹心撞玉斗；长安酒市，谪（zhé）仙^③狂兴换银龟。

---

① 貔貅屯处卧龙归：貔貅屯处，即军队驻扎的地方，也就是军营。卧龙指诸葛亮，时人称他为卧龙先生，因为住在南阳卧龙冈。

② 燕子矶（jī）：位于南京郊外的直渎山上，因石峰

突兀江上，三面临空，势如燕子展翅欲飞而得名。是重要的长江渡口和军事重地。被世人称为万里长江第一矶。

③谪（zhé）仙：受到处罚，降到人间的神仙。故人用以称誉才学优异的人。后专指李白。

六 鱼

羹对饭，柳对榆。短袖对长裾（jū）。鸡冠对凤尾，芍药对芙蕖。周有若，汉相如。玉屋对匡庐。月明山寺远，风细水亭虚。壮士腰间三尺剑，男儿腹内五车书。疏影暗香，和靖孤山梅蕊放；轻阴清昼，渊明旧宅柳条舒。

吾对汝，尔对余。选授对升除。书籍对药柜，耒耜（lěi sì）对櫌（yōu）锄。参虽鲁，回不愚①。阀阅对闾间。诸侯千乘国，命妇七香车。穿云采药闻仙犬，踏雪寻梅策蹇（jiǎn）驴。玉兔金乌，二气精灵为日月②；洛龟河马，五行生克在图书。

欹（qī）对正，密对疏。囊橐（tuó）对苞苴（bāo jū）。罗浮对壶峤（qiáo），水曲对山纡。骖（cān）鹤驾，待鸾舆。桀溺（jié nì）对长沮（jǔ）。搏虎卞庄子，当熊冯婕妤。南阳高士吟梁父，西蜀才人赋子虚。三径风光，白石黄花供杖履；五湖烟景，青山绿水在樵渔。

① 参虽鲁，回不愚：参，曾参，孔子弟子。鲁，迟钝。回，颜回，孔子弟子颜渊的名。曾参愚钝一些，颜回可不笨。

② 玉兔金乌，二气精灵为日月：玉兔，月亮的别称。金乌，指太阳。古人认为，一切事物的形成、变化和发展，完全在于阴阳二气的运动，日月则是二气的精华。

七 虞

红对白，有对无。布谷对提壶。毛椎（zhuī）对羽扇，天阙对皇都。谢蝴蝶，郑鹧鸪①（zhè gū）。踏海对归湖。花肥春雨润，竹瘦晚风疏。麦饭豆糜（mí）终创汉，莼羹鲈脍（kuài）竟归吴。琴调轻弹，杨柳月中潜去听；酒旗斜挂，杏花村里共来沽。

罗对绮，茗对蔬。柏秀对松枯。中元对上巳，返璧对还珠。云梦泽，洞庭湖。玉烛对冰壶。苍头犀角带，绿鬓象牙梳。松阴白鹤声相应，镜里青鸾影不孤。竹户半开，对牖（yǒu）不知人在否？

柴门深闭，停车还有客来无。

宾对主，婢对奴。宝鸭对金凫（fú）。升堂对入室，鼓瑟对投壶。觇（chān）合璧，颂联珠。提罋（yōng）对当垆②（lú）。仰高红日尽，望远白云孤。歆（xìn）向秘书窥二酉，机云芳誉动三吴。祖饯（jiàn）三杯，老去常斟花下酒；荒田五亩，归来独荷月中锄。

君对父，魏对吴。北岳对西湖。菜蔬对荼荈（chuǎn），苣藤对菖蒲。梅花数，竹叶符。廷议对山呼。两都班固赋，八阵孔明图。田庆紫荆堂下茂③，王裒（póu）青柏墓前枯④。出塞中郎，羝（dī）有乳时归汉室；质秦太子，马生角日返燕都。

① 谢蝴蝶，郑鹧鸪：宋代诗人谢逸，爱写蝴蝶诗，人称"谢蝴蝶"。唐代诗人郑谷有一首《鹧鸪》诗，"雨昏青草湖边过，花落黄陵庙里啼"一联，诗家许为最得神韵，所以被称为"郑鹧鸪"。

② 提罋（yōng）对当垆（lú）：

"提罋"说的是贤妻桓少君的故事。鲍宣是桓少君父亲的学生，其父欣赏鲍宣虽清贫却刻苦的品格，就把女儿桓少君嫁给他。因为陪了很多嫁妆，鲍宣不高兴。

结婚时对桓少君说："少君生富骄，习美饰，而吾实贫贱，不敢当礼。"桓少君于是把嫁妆全部退给父亲，换上粗衣短袄，提瓮出去取水，与鲍宣过起同甘共苦的日子。

"当垆"说的是卓文君当垆卖酒的故事。贵族小姐卓文君，因为司马相如的一曲《凤求凰》，连夜与一贫如洗的司马相如私奔。后来，在卓家所在的临邛（qióng），二人买了一酒店，卓文君当垆卖酒，司马相如做酒保，洗刷酒器。

③田庆紫荆堂下茂：相传汉代田真、田庆、田广三兄弟欲分家，堂下紫荆树忽然枯萎，田家感动不再分家，紫荆树复生。

④王裒（póu）青柏墓前枯：相传晋代王裒在父亲去世后，抱着坟前的柏树号哭，柏树忽然枯萎。

八 齐

鸾对凤，犬对鸡。塞北对关西。长生对益智，老幼对旄倪（máo ní）。颂竹策，剪桐圭。剥枣对蒸梨。绵腰如弱柳，嫩手似柔荑。狡兔能穿三穴隐，鹪鹩权借一枝栖。甪（lù）里①先生，策杖垂绅扶少主；於陵仲子，辟纑织履赖贤妻。

鸣对吠，泛对栖。燕语对莺啼。珊瑚对玛瑙，琥珀对玻璃。绛县老，伯州梨。测蠡（lí）对然犀。榆槐堪作荫，桃李自成蹊②（xī）。投巫救女西门豹，赁浣（huàn）逢妻百里奚。阙里门墙，陋巷规模原不陋；隋（suí）堤基址，迷楼踪迹亦全迷。

越对赵，楚对齐。柳岸对桃溪。纱窗对绣户，画阁对香闺。修月斧，上天梯。蝃蝀（dì dōng）对虹霓。行乐游春圃，工谀（yú）病夏畦③（qí）。李广不封空射虎，魏明得立为存麑（ní）。按辔（pèi）徐行，细柳功成劳王敬；闻声稍卧，临泾名震止儿啼。

① 甪（lù）里：甪里先生，名周术，是秦末汉初的一位著名隐士，"商山四皓"之一，他曾力谏汉高祖刘邦废太子之事。

② 桃李自成蹊（xī）：蹊，小路。谚语："桃李不言，下自成蹊。"桃树李树能给人带来好处，所以，即使它们不说什么，树下也会有人常来而踩出小路。比喻有才华和美德的人不用张扬，就会得到别人的尊敬。

③ 工谀（yú）病夏畦（qí）：意思是要装出拍马屁的样子，比在烈日当空的夏天种田还辛苦。工谀，善于阿谀奉承。夏畦，指夏天在田地里劳动的人。

九 佳

门对户，陌对街。枝叶对根荄（gāi）。斗鸡对挥麈[①]（zhǔ），凤髻（jì）对鸾钗。登楚岫（xiù），渡秦淮。子犯对夫差。石鼎龙头缩，银筝雁翅排。百年诗礼延馀庆，万里风云入壮怀。能辨明伦，死矣野哉悲季路；不由径窦，生乎愚也有高柴。

冠对履，袜对鞋。海角对天涯。鸡人对虎旅，六市对三街。陈俎（zǔ）豆，戏堆埋。皎皎对皑皑。贤相聚东阁，良朋集小斋。梦里山川书越绝，枕边风月记齐谐。三径萧疏，彭泽高风怡五柳；六朝华贵，琅琊佳气种三槐。

勤对俭，巧对乖。水榭对山斋。冰桃对雪藕，漏箭对更牌[②]。寒翠袖，贵荆钗。慷慨对诙谐。竹径风声籁，花溪月影筛。携囊佳句随时贮，荷锄沉醉到处埋。江海孤踪，雪浪风涛惊旅梦；乡关万里，烟峦云树切归怀。

杞对梓，桧（guì）对楷（jiè）。水泊对山崖。舞裙对歌袖，玉陛（bì）对瑶阶。风入袂（mèi），月盈怀。虎兕（sì）对狼豺。马融堂上帐，羊侃水中斋。北面黉（hóng）宫宜拾芥，东巡岱畤（zhì）定燔（fán）柴。锦缆春江，横笛洞箫通碧落；华灯夜月，遗簪（zān）堕（duò）翠遍香街。

① 斗鸡对挥麈（zhǔ）：斗鸡，古代上层社会和市井间较为流行的一种以公鸡相斗而定输赢的赌博游戏。挥麈，挥动以鹿尾做的拂尘。晋朝文人喜清淡，在辩论谈玄时往往持之挥洒，以示高雅。

② 漏箭对更牌：漏，是古代的一种计时器，在容器中装上水，当水慢慢地往外流时，容器上的指针也随着水面的下降而变化，从而显示时间的变更，类似现在的钟表。漏箭即指针。更牌，夜间报更的竹签，也叫更签，是古代人晚上报时的一种工具。

十 灰

春对夏，喜对哀。大手对长才。风清对月朗，地阔对天开。游阆苑，醉蓬莱。七政对三台。青龙壶老杖，白燕玉人钗。香风十里望仙阁，明月一天思子台。玉橘冰桃，王母几因求道降；莲舟藜杖，真人原为读书来。

朝对暮，去对来。庶矣对康哉。马肝对鸡肋，杏眼对桃腮。佳兴适，好怀开。朔雪对春雷。云移鸡（zhī）鹊观，日晒凤凰台。河边淑气迎芳草，林下轻风待落梅。柳媚花明，燕语莺声浑是笑；松号柏舞，猿啼鹤唳（lì）总成哀。

忠对信，博对赅（gāi）。忖（cǔn）度对疑猜。香消对烛暗，鹊喜对蛩（qióng）哀。金花报，玉镜台。倒斝（jiǎ）对衔杯。岩巅横老树，石磴覆苍苔。雪满山中高士卧，月明林下美人来。绿柳沿堤，皆因苏子来时种；碧桃满观，尽是刘郎去后栽。

十一真

莲对菊，凤对麟。浊富对清贫。渔庄对佛舍，松盖对花茵。萝月叟（sǒu），葛天民[①]。国宝对家珍。草迎金埒（liè）马[②]，花醉玉楼人。巢燕三春尝唤友，塞鸿八月始来宾。古往今来，谁见泰山曾作砺；天长地久，人传沧海几扬尘。

兄对弟，吏对民。父子对君臣。勾丁对甫甲，赴卯对同寅。折桂客，簪花人。四皓对三仁。王乔云外舄（xì），郭泰雨中巾。人交好友求三益，士有贤妻备五伦。文教南宣，武帝平蛮开百越；义旗西指，韩侯扶汉卷三秦。

申对午，侃对訚（yín）。阿魏对茵陈。楚兰对湘芷，碧柳对青筠（yún）。花馥馥，叶蓁蓁（zhēn）。粉颈对朱唇。曹公奸似鬼，尧帝智如神。南阮（ruǎn）才郎差北富，东邻丑女效西颦③（pín）。色艳北堂，草号忘忧忧甚事？香浓南国，花名含笑笑何人？

① 葛天民：葛天氏是传说中的上古帝王，他所治理的国家非常安宁。葛天民就是指葛天氏治理下的老百姓。

② 草迎金埒（liè）马：埒，矮墙。用青草来迎接王济的宝马。晋朝的王济特别爱马，给马建了跑马场，并用绳穿上钱，沿着跑马场的矮墙围了一圈。

③ 东邻丑女效西颦（pín）：颦，皱眉。典故"东施效颦"，古越国美女西施因患心痛病而捧心皱眉，东村的丑女东施以为姿态很美，亦捧心皱眉，而丑态益增。后用此典泛指以丑拙学美好，却适得其反。

十二文

忧对喜，戚对欣。五典对三坟。佛经对仙语，夏耨（nòu）对春耘。烹早韭，剪春芹。暮雨对朝云。竹间斜白接，花下醉红裙。掌握灵符五岳箓（lù），腰悬宝剑七星纹。金锁未开，上相趋听宫漏永；珠帘半卷，群僚仰对御炉薰。

词对赋，懒对勤。类聚对群分。鸾箫对凤笛，带草对香芸。燕许笔，韩柳文。旧话对新闻。赫赫周南仲，翩翩晋右军。六国说成苏子贵，两京收复郭公勋。汉阙陈书，侃侃忠言推贾谊；唐廷对策，岩岩直谏有刘蕡①（fén）。

言对笑，绩对勋。鹿豕（shǐ）对羊羵②（fén）。星冠对月扇，把袂（mèi）对书裙③。汤事葛，说兴殷。萝月对松云。西池青鸟使，北塞黑鸦军。文武成康为一代，魏吴蜀汉定三分。桂苑秋宵，明月三杯邀曲客；松亭夏日，薰风一曲奏桐君。

---

① 刘蕡（fén）：（？—848年）字去华，唐代宝历

三年进士，善作文，耿介嫉恶。祖籍幽州昌平，今北京昌平。太和元年参加"贤良方正"科举考试时，秉笔直书，主张除掉宦官，考官赞善他的策论，但不敢授以官职。后来令狐楚、牛僧孺等镇守地方时，征召为幕僚从事，授秘书郎。终因宦官诬害，贬为柳州司户参军，客死异乡。

②鹿豕（shǐ）对羊羵（fén）：豕，猪。羊羵，春秋时，季康子挖井，挖到一个瓦缸，发现里面竟然有一只羊，去问孔子。孔子说这是土里面的怪物，叫藏（zàng）羊。

③把袂（mèi）对书裙：袂，衣服袖子。把袂，就是拉住袖子，引申为握手。书裙，书，写；裙，衣服的前襟。晋朝时有一个人叫羊欣，他幼时就很有才华，大书法家王羲之很欣赏他。有一次，王羲之趁羊欣白天睡觉时在他的前襟上写了很多字，羊欣醒来后很高兴，仔细揣摩，书法有了很大长进。

十三元

卑对长（zhǎng），季对昆。永巷对长门。山亭对水阁，旅舍对军屯。杨子渡，谢公墩。德重对年尊。承乾对出震，叠坎对重坤。志士报君思犬马，仁王养老察鸡豚。远水平沙，有客泛舟桃叶渡；斜风细雨，何人携榼（kē）杏花村。

君对相，祖对孙。夕照对朝暾（tūn）。兰台对桂殿，海岛对山村。碑堕泪，赋招魂。报怨对怀恩。陵埋金吐气，田种玉生根。相府珠帘垂白昼，边城画阁对黄昏。枫叶半山，秋去烟霞堪倚杖；梨花满地，夜来风雨不开门。

十四寒

家对国，治对安。地主对天官。坎男对离女，周诰对殷盘①。三三暖，九九寒。杜撰对包弹②。古壁蛩（qióng）声匝，闲亭鹤影单。燕出帘边春寂寂，莺闻枕上漏珊珊。池柳烟飘，日夕郎归青琐闼（tà）；砌花雨过，月明人倚玉栏杆。

肥对瘦，窄对宽。黄犬对青鸾。指环对腰带，洗钵对投竿。诛佞（nìng）剑③，进贤冠。画栋对雕栏。双垂白玉箸（zhù），九转紫金丹。陕右棠高怀召伯，河南花满忆潘安。陌上芳春，弱柳当风披彩线；池中清晓，碧荷承露捧珠盘。

行对卧，听对看。鹿洞对鱼滩。蛟腾对豹变，虎踞对龙蟠。风凛凛，雪漫漫。手辣对心酸。莺莺对燕燕，小小对端端。蓝水远从千涧落，玉山高并两峰寒。至圣不凡，嬉戏六龄陈俎（zǔ）豆；老莱（lái）大孝，承欢七衮（gǔn）舞斑斓④。

① 周诰对殷盘：周诰，指《大诰》《康诰》《酒诰》《召诰》《洛诰》等篇。殷盘，指《盘庚》上、中、下三篇。均为《尚书》中的篇名。

② 杜撰对包弹（tán）：杜撰、包弹指两个人。杜撰，唐代杜举好为不经之谈，信口开河，人称杜撰。包弹，指包拯。宋代包拯为御史中丞，不避权贵，敢于弹劾，人称包弹。

③ 诛佞（nìng）剑：诛杀奸佞的宝剑。佞，奸佞。泛指的是奸邪谄（chǎn）媚的人。对于一个国家社稷来说，这样的人存在会极大地危害国家，所以才有诛之。

④ 老莱（lái）大孝，承欢七衮（gǔn）舞斑斓：老莱子，传说中的古孝子，父母年迈，无以为欢。他虽也年纪很大，但仍穿上花花绿绿的幼儿服装，在父母面前嬉笑，引逗双亲开心。七衮，七彩衣。

十五删

林对坞，岭对峦。昼永对春闲。谋深对望重，任大对途艰。裾袅袅，佩珊珊。守塞对当关。密云千里合，新月一钩弯。叔宝君臣皆纵逸，重华父母是嚚（yín）顽①。名动帝畿（jī），西蜀三苏来日下；壮游京洛，东吴二陆（lù）起云间。

临对仿，恣对悭（qiān）。讨逆对平蛮。忠肝对义胆，雾发对云鬟（huán）。埋笔冢（zhǒng），烂柯山。月貌对天颜。龙潜终得跃，鸟倦亦知还。陇树飞来鹦鹉绿，池筠密处鹧鸪斑。秋露横江，苏子月明游赤壁；冻云迷岭，韩公雪拥过蓝关②。

① 重华父母是嚚（yín）顽：重华是帝舜的名字，传说因双瞳而取名重华。相传他的父亲和弟弟多次设计谋害他。嚚顽，愚蠢而顽固、暴虐。

② 冻云迷岭，韩公雪拥过蓝关：唐文学家韩愈，以上《谏迎佛骨表》触怒宪宗，被贬为潮州刺史，行程中至蓝关遇雪，写了一首《左迁至蓝关示侄孙》，"云横秦岭家何在，雪拥蓝关马不前"是诗中名句。又传说唐韩愈之侄孙湘子，幼有仙迹，出外数年不返，韩公寿，湘忽至，书一联于壁上曰："云横秦岭家何在，雪拥蓝关马不前。"未几，韩公谏迎佛骨上表，遭贬至潮州，果经蓝关。

卷 下

一先

寒对暑，日对年。蹴（cù）鞠对秋千。丹山对碧水，淡雨对罩（tán）烟。歌宛转，貌婵娟。雪鼓对云笺。荒芦栖南雁，疏柳噪秋蝉。洗耳尚逢高士笑，折腰肯受小儿怜。郭泰泛舟，折角半垂梅子雨；山涛骑马，接篱倒着杏花天。

轻对重，脆对坚。碧玉对青钱。郊寒对岛瘦，酒圣对诗仙。依玉树，步金莲。凿井对耕田。杜甫清宵立，边韶白昼眠。豪饮客吞波底月，醉游人醉水中天。斗草青郊，几行（háng）宝马嘶金勒；看花紫陌，十里香车拥翠钿（diàn）。

吟对咏，授对传。乐矣对凄然。风鹏对雪雁，董杏对周莲。春九十，岁三千①。钟鼓对管弦。入山逢宰相，无事即神仙。霞映武陵桃淡淡，烟荒隋堤柳绵绵。七碗月团，啜（chuò）罢清风生腋下；三杯云液，饮馀红雨晕腮边。

中对外，后对先。树下对花前。玉柱对金屋，叠嶂对平川。孙子策，祖生鞭。盛席对华筵。解醉知茶力，消愁识酒权。丝剪芰（jì）荷开冻沼[②]，锦妆凫（fú）雁泛温泉[③]。帝女衔石，海中遗魄为精卫；蜀王叫月，枝上游魂化杜鹃。

① 春九十，岁三千：春九十，春光已过去九十天，意思是春光将尽。岁三千，极言年寿之长。相传汉武帝时，东方朔对汉武帝说："王母蟠桃，三千岁一熟，此儿已三偷之矣。"

② 丝剪芰（jì）荷开冻沼：传说中隋炀帝的故事，说他曾命人用锦绢剪为荷花，遍插池苑，从中游乐。芰，古书上指菱。

③ 锦妆凫（fú）雁泛温泉：凫，野鸭。唐玄宗的故事。相传唐玄宗扩建华清宫汤池，规模宏丽，汤池内以玉莲为喷泉，又缝锦绣为凫雁，放于水中，自己乘小舟游嬉，极尽奢欲。

二 箫

翠对管，斧对瓢。水怪对花妖。秋声对春色，白缣（jiān）对红绡（xiāo）。臣五代，事三朝。

头柄对弓腰。醉客歌金缕，佳人品玉箫。风定落花闲不扫，霜馀残叶湿难烧。千载兴周，尚父一竿投渭水；百年霸越，钱王万弩（nǔ）射江潮。

荣对悴，夕对朝。露地对云霄。商彝（yí）对周鼎，殷濩（hù）对虞韶。樊素口，小蛮腰。六诏对三苗。朝天车奕奕，出塞马萧萧。公子幽兰重泛舸，王孙芳草正联镳（biāo）。潘岳高怀，曾向秋天吟蟋蟀；王维清兴，尝于雪夜画芭蕉。

耕对读，牧对樵。琥珀对琼瑶。兔毫对鸿爪，桂楫对兰桡（náo）。鱼潜藻，鹿藏樵。水远对山遥。湘灵能鼓瑟，嬴女解吹箫。雪点寒梅横小院，风吹弱柳覆平桥。月牖（yǒu）通宵，绛蜡罢时光不减；风帘当昼，雕盘停后篆难消。

三 肴

诗对礼，卦对爻[①]（yáo）。燕引对莺调（diáo）。晨钟对暮鼓，野馔（zhuàn）对山肴。雉方乳，鹊始巢。猛虎对神獒。疏星浮荇（xìng）叶，皓月上松梢。为邦自古推瑚琏，从政于今愧斗筲（shāo）。管鲍相知，能交忘形胶漆友；蔺廉有隙，终为刎（wěn）颈死生交。

歌对舞，笑对嘲。耳语对神交。焉乌对亥豕（shǐ），獭髓（tǎ suǐ）对鸾（luán）胶^②。宜久敬，莫轻抛。一气对同胞。祭遵甘布被，张禄念绨（tí）袍。花径风来逢客访，柴扉月到有僧敲。夜雨园中，一颗不雕王子奈（nài）；秋风江上，三重（chóng）曾卷杜公茅。

衙对舍，廪（lǐn）对庖（páo）。玉磬对金铙（náo）。竹林对梅岭，起凤对腾蛟。鲛绡帐，兽锦袍。露果对风梢。扬州输橘柚，荆土贡菁（jīng）茅。断蛇埋地称孙叔，渡蚁作桥识宋郊。好梦难成，蛩响阶前偏唧唧；良朋远到，鸡声窗外正嘐嘐（jiāo）。

① 诗对礼，卦对爻（yáo）：诗、礼，指儒家经典中的《诗经》和《礼记》。卦、爻，指《周易》中的八卦和六爻。

② 獭髓（tǎ suǐ）对鸾（luán）胶：獭，水獭，旧传水獭的髓是很好的滋补品，服食能益神智。相传水獭的骨髓与玉屑、琥珀屑相合，可以灭瘢痕。鸾胶，传说海上有凤麟洲，多仙人，以凤喙（huì）、麟角合煎作膏，名续弦胶，可黏合弓弩拉断了的弦。后用"续弦"比喻男子丧妻后再娶。

四　豪

　　茭对茨，荻（dí）对蒿。山麓对江皋（gāo）。莺簧对蝶板，麦浪对松涛。骐骥足，凤凰毛。美誉对嘉褒。文人窥蠹（dù）简，学士书兔毫。马援南征载薏苡，张骞（qiān）西使进葡萄。辩口悬河，万语千言常亹亹（wěi）；词源倒峡，连篇累牍自滔滔。

　　梅对杏，李对桃。械（yù）朴对旄旌（máo）。酒仙对诗史，德泽对恩膏。悬一榻，梦三刀。拙逸对贵劳。玉堂花烛绕，金殿月轮高。孤山看鹤盘云下，蜀道闻猿向月号。万事从人，有花有酒应自乐；百年皆客，一丘一壑尽吾豪。

　　台对省，署对曹。分袂（mèi）对同袍。鸣琴对击剑，返辙对回艚（cáo）。良借箸^①（zhù），操提刀。香茶对醇醪（láo）。滴泉归海大，篑（kuì）土积山高。石室客来煎雀舌，画堂宾至饮羊羔。被谪（zhé）贾生，湘水凄凉吟鹏（fú）鸟^②；遭谗屈子，江潭憔悴著离骚。

①良借箸（zhù）：箸，筷子。楚汉战争中，汉高祖听信郦生的话，准备把诸将分封于各地为侯王。张良认为这是错误的，就在酒宴前，借席上箸一一陈说道理。

②被谪（zhé）贾生，湘水凄凉吟鵩（fú）鸟：鵩，一种猫头鹰类的鸟。谪，对官员的降、罚、贬。汉贾谊被黜（chù）为长沙王太傅，内心悲，一日有猫头鹰进宅，人皆以为不祥，他就写了一篇《鵩鸟赋》抒发情怀。

五 歌

微对巨，少对多。直干对平柯。蜂媒对蝶使，雨笠对烟蓑（suō）。眉淡扫，面微酡。妙舞对清歌。轻衫裁夏葛，薄袂剪春罗。将相兼行唐李靖①，霸王杂用汉萧何②。月本阴精，岂有羿（yì）妻曾窃药；星为夜宿（xiù），浪传织女漫投梭。

慈对善，虐对苛。缥缈对婆娑（suō）。长杨对细柳，嫩蕊对寒莎。追风马，挽日戈。玉液对金波。紫诏衔丹凤，黄庭换白鹅。画阁江城梅作调，兰舟野渡竹为歌。门外雪飞，错认空中飘柳絮；岩边瀑响，误疑天半落银河。

松对竹，荇对荷。薜荔对藤萝。梯云对步月，樵唱对渔歌。升鼎雉，听经鹅。北海对东坡。吴郎哀废宅，邵子乐行窝。丽水良金皆待冶，昆山美玉总须磨。雨过皇州，琉璃色灿华清瓦；风来帝苑，荷芰（jì）香飘太液波。

　　笼对槛（jiàn），巢对窝。及第对登科。冰清对玉润，地利对人和。韩擒虎，荣驾鹅。青女对素娥。破头朱泚（cǐ）笏（hù），折齿谢鲲梭。留客酒杯应恨少，动人诗句不须多。绿野凝烟，但听村前双牧笛；沧江积雪，惟看滩上一渔蓑。

　　① 将相兼行唐李靖：李靖（571—649），字药师，京兆三原人（长安近畿地区）。唐初著名军事家，他文武双全，曾在建立唐王朝的斗争中屡立战功，平吴，破突厥，定吐谷浑。拓地自阴山起，北至大漠，功业极伟，封卫国公，卒谥景武。"将相兼行"是说他才兼文武。后人录其论兵语为《李卫公问对》。后世小说戏曲中将李靖与虬髯客、红拂女合称为风尘三侠。

　　② 霸王杂用汉萧何：萧何（？—前193），沛郡丰邑人（今江苏徐州丰县），西汉开国功臣、政治家，"汉初三杰"之一。楚汉战争中，辅佐汉高祖定三秦，后为汉相，制作律令，对汉王朝的建立和巩固卓有贡献。霸王杂用，是说"王道"和"霸道"两用。儒家称以力假仁者为霸，

以德行仁政者为王，或曰"王者施之以德，霸者施之以法，暴者施之以刑"。

六 麻

清对浊，美对嘉。鄙吝对矜（jīn）夸。花须对柳眼，屋角对檐牙。志和宅，博望槎（chá）。秋实对春华。乾炉烹白雪，坤鼎炼丹砂。深宵望冷沙场月，边塞听残野戍笳（jiā）。满院松风，钟声隐隐为僧舍；半窗花月，锡影依依是道家。

雷对电，雾对霞。蚁阵对蜂衙。寄梅对怀橘，酿酒对烹茶。宜男草，益母花。杨柳对蒹葭。班姬辞帝辇，蔡琰泣胡笳。舞榭歌楼千万尺，竹篱茅舍三两家。珊枕半床，月明时梦飞塞外；银筝一奏，花落处人在天涯。

圆对缺，正对斜。笑语对咨嗟（zī jiē）。沈腰对潘鬓，孟笋对卢茶。百舌鸟，两头蛇。帝里对仙家。尧仁敷率土，舜德被流沙。桥上授书曾纳履，壁间题句已笼纱。远塞迢迢，露碛风沙何可极；长沙渺渺，雪涛烟浪信无涯。

疏对密，朴对华。义鹘（gù）对慈鸦。鹤群对雁阵，白苎（zhù）对黄麻。读三到，吟八叉。肃静对喧哗。围棋兼把钓，沉李并浮瓜。羽客片时能煮石，狐禅千劫似蒸沙。党尉粗豪，金帐笼香斟美酒；陶生清逸，银铛融雪啜（chuò）团茶。

七阳

台对阁，沼对塘。朝雨对夕阳。游人对隐士，谢女对秋娘。三寸舌，九回肠。玉液对琼浆。秦皇照胆镜，徐肇返魂香。青萍夜啸芙蓉匣，黄卷时摊薜荔床。元亨利贞，天地一机成化育[①]；仁义礼智，圣贤千古立纲常。

红对白，绿对黄。昼永对更长。龙飞对凤舞，锦缆对牙樯。云弁（biàn）使，雪衣娘。故国对他乡。雄文能徙（xǐ）鳄[②]，艳曲为求凰[③]。九日高峰惊落帽，暮春曲水喜流觞。僧占名山，云绕茂林藏古殿；客栖胜地，风飘落叶响空廊。

衰对壮，弱对强。艳饰对新妆。御龙对司马，破竹对穿杨。读班马，识求羊。水色对山光。仙棋藏绿橘，客枕梦黄粱。池草入诗因有梦，海棠带恨为无香。风起画堂，帘箔影翻青荇沼；月斜金井，辘轳声度碧梧墙。

臣对子，帝对王。日月对风霜。乌台对紫府，雪牖（yǒu）对云房。香山社，昼锦堂。蔀（bù）屋对岩廊。芬椒涂内壁，文杏饰高梁。贫女幸分东壁影，幽人高卧北窗凉。绣阁探春，丽日半笼青镜色；水亭醉夏，薰风常透碧筒（tǒng）香。

①元亨利贞，天地一机成化育：元亨利贞，是《周易·乾卦》中的一句。古人解释说："元者善之长也，亨者嘉之会也，利者义之和也，贞者事之干也。"称为四德。两句的意思是，由于天地有此四德，才化生了万物。

②雄文能徙（xǐ）鳄：潮州有鳄鱼伤害人畜，韩愈做刺史，作《祭鳄鱼文》以驱之，鳄鱼果真迁往别地。

③艳曲为求凰：汉时成都卓王孙有女文君，新寡。司马相如去卓王孙府上做客，弹《凤求凰》以挑之，文君在帘后听得怦然心动，对司马相如一见钟情，两人私下相见，约定夜间私奔。

八庚

形对貌，色对声。夏邑对周京。江云对涧树，玉磬对银筝。人老老，我卿卿。晓燕对春莺。玄霜春（chōng）玉杵，白露贮金茎。贾客君山秋弄笛，仙人缑（gōu）岭夜吹笙。帝业独兴，尽道汉高能用将；父书空读，谁言赵括善知兵。

功对业，性对情。月上对云行。乘龙对附骥，阆苑对蓬瀛。春秋笔，月旦评。东作对西成。隋珠光照乘，和璧价连城。三箭三人唐将勇，一琴一鹤赵公清。汉帝求贤，诏访严滩逢故旧；宋廷优老，年尊洛社重耆（qí）英。

昏对旦，晦（huì）对明。久雨对新晴。蓼（liǎo）湾对花港，竹友对梅兄。黄石叟（sǒu），丹丘生。犬吠对鸡鸣。暮山云外断，新水月中平。半榻清风宜午梦，一犁好雨趁春耕。王旦登庸，误我十年迟作相[①]；刘贲（fén）不第，愧他多士早成名[②]。

[①] 王旦登庸，误我十年迟作相：登庸，选拔任用。亦指登帝位、科举考试应考中选。《宋史·王旦传》载，宋相王旦柄权十八年，死后，王钦若继为宰相。王钦若语人曰："子明（即王旦）迟我十年作宰相！"

[②] 刘贲（fén）不第，愧他多士早成名：刘贲，字去华，幽州昌平人。性沉健善谋，通晓《春秋》，常言古

代兴亡之事，有救世之心。827年，朝廷选拔优秀人才，刘蒉慷慨直言、切中时弊，极力劝谏皇帝诛杀权奸、宦官。考官冯宿等虽敬佩他，但惧怕太监势力，不敢录取他。许多士子听说后都觉得羞愧，状元李郃（hé）说："刘蒉没考中，我的名字却在榜上，真是脸皮太厚了。"以后"刘蒉未第"谓高才正直敢言之士被埋没。

九 青

庚对甲，已对丁。魏阙对彤庭。梅妻对鹤子，珠箔对银屏。鸳浴沼，鹭飞汀。鸿雁对鹡鸰（jí líng）。人间寿者相，天上老人星。八月好修攀桂斧，三春须系护花铃。江阁凭临，一水净连天际碧；石栏闲倚，群山秀向雨馀青。

危对乱，泰对宁。纳陛对趋庭。金盘对玉箸，泛梗对浮萍。群玉圃，众芳亭。旧典对新型。骑牛闲读史①，牧豕（shǐ）自横经②。秋首田中禾颖重，春馀园内菜花馨。旅次凄凉，塞月江风皆惨淡；筵前欢笑，燕歌赵舞独娉婷。

---

① 骑牛闲读史：隋末李密好学，常将《汉书》一帙（zhì）

挂于牛角之上，骑牛读书。帙，包书的套子。

② 牧豕（shǐ）自横经：豕，猪。（汉）公孙弘，少贫，为人放猪，勤于学，常带经卷而读。

十 蒸

苹对蓼（liǎo），荇对菱。雁弋对鱼罾（zēng）。齐纨（wán）对鲁绮，蜀绵对吴绫。星渐没，日初升。九聘对三征。肖何曾作吏，贾岛昔为僧。贤人视履循规矩，大匠挥斤校准绳。野渡春风，人喜乘潮移酒舫；江天暮雨，客愁隔岸对渔灯。

谈对吐，谓对称。冉闵对颜曾。侯嬴（ying）对伯嚭①（pǐ），祖逖（tì）对孙登。抛白纻，宴红绫。胜友对良朋。争名如逐鹿，谋利似趋蝇。仁杰姨渐周不仕，王陵母识汉方兴。句写穷愁，浣花寄迹传工部；诗吟变乱，凝碧伤心叹右丞。

① 侯嬴（ying）对伯嚭（pǐ）：侯嬴，战国时魏人，初为大梁（今河南开封）夷门的守门小吏，慷慨任侠，帮助信陵君窃符救赵，最后以身殉之。王维《夷门歌》专咏此事。伯嚭，即太宰嚭，春秋时楚伯州犁之孙，吴

国奸臣。他受越王贿赂，劝吴王同越王讲和。勾践灭吴，以伯嚭对其主不忠，杀之。

十一尤

荣对辱，喜对忧。缱绻对绸缪（móu）。吴娃对越女，野马对沙鸥。茶解渴，酒消愁。白眼对苍头。马迁修史记，孔子作春秋。莘（shēn）野耕夫闲举耜（sì），渭滨渔父晚垂钩。龙马游河，羲帝因图而画卦；神龟出洛，禹王取法以明畴。

冠对履，舃（xì）对裘。院小对庭幽。画墙对漆地，错智对良筹。孤嶂耸，大江流。芳泽对园丘。花潭来越唱，柳屿起吴讴。莺懒燕忙三月雨，蛮摧蝉退一天秋。钟子听琴，荒径入林山寂寂；谪（zhé）仙捉月，洪涛接岸水悠悠。

鱼对鸟，鹡（jí）对鸠。翠馆对红楼。七贤对三友，爱月对悲秋。虎类狗，蚁如牛。列辟对诸侯。陈唱临春乐，隋歌清夜游。空中事业麒麟阁，地下文章鹦鹉洲。旷野平原，猎士马蹄轻似箭；斜风细雨，牧童牛背稳如舟。

十二侵

歌对曲，啸对吟。往古对来今。山头对水面，远浦对遥岑（cén）。勤三上，惜寸阴。茂树对平林。卞和三献宝，杨震四知金。青皇风暖催芳草，白帝城高急暮砧①（zhēn）。绣虎雕龙，才子窗前挥彩笔；描鸾刺凤，佳人帘下度金针。

登对眺，涉对临。瑞雪对甘霖。主欢对民乐，交浅对言深。耻三战，乐七擒。顾曲对知音。大车行槛槛（kǎn），驷马聚骎骎（qīn）。紫电青虹腾剑气，高山流水识琴心。屈子怀君，极浦吟风悲泽畔；王郎忆友，扁舟卧雪访山阴。

① 白帝城高急暮砧（zhēn）：砧，捣衣石。这里指砧杵声。（唐）杜甫《秋兴八首》诗："寒衣处处催刀尺，白帝城高急暮砧。"白帝城在重庆市奉节县，三国刘备死于此。

十三覃

宫对阙，座对龛（kān）。水北对天南。蜃楼对蚁郡，伟论对高谈。遴（lín）杞梓，树梗（pián）楠。得一对函三。八宝珊瑚枕，双珠玳瑁簪。萧王待士心惟赤，卢相欺君面独蓝。贾岛诗狂，手拟敲门行处想；张颠草圣，头能濡墨写时酣。

闻对见，解对谙（ān）。三橘对双柑。黄童对白叟（sǒu），静女对奇男。秋七七，径三三。海色对山岚。鸾声何哕哕（huì），虎视正耽耽。仪封疆吏知尼父，函谷关人识老聃（dān）。江相归池，止水自盟真是止；吴公作宰，贪泉虽饮亦何贪[①]？

①吴公作宰，贪泉虽饮亦何贪？——见《晋书·吴隐之传》记载：吴隐之任广州刺史时，听说附近有一眼"贪泉"，人喝了会贪心，他故意饮了贪泉水，不但没有变得贪婪，反而更加清廉了。这句是说，吴隐之为官清廉，即便饮了贪泉水，也不会变得贪婪。

十四盐

宽对猛，冷对淡。清直对尊严。云头对雨脚，鹤发对龙髯（rán）。风台谏，肃堂廉。保泰对鸣谦。五湖归范蠡，三径隐陶潜。一剑成功堪佩印，百钱满卦便垂帘。浊酒停杯，容我半酣愁际饮；好花傍座，看他微笑悟时拈（niān）。

连对断，减对添。淡泊对安恬。回头对极目，水底对山尖。腰袅袅，手纤纤。风卜对鸾占。开田多种粟，煮海尽成盐。居同九世张公艺，恩给千人范仲淹。箫弄凤来，秦女有缘能跨羽；鼎成龙去，轩臣无计得攀髯。

人对己，爱对嫌。举止对观瞻。四知对三语，义正对辞严。勤雪案，课风檐。漏箭对书笺。文繁归獭（tǎ）祭，体艳别香奁①（lián）。昨夜题梅更一字，早春来燕卷重帘。诗以史名，愁里悲歌怀杜甫；笔经人索，梦中显晦老江淹。

① 香奁（lián）：唐代诗人韩偓，早年诗作多写艳情，以妇女、琐事为题材，辞藻华丽，有"香奁体"之称。

十五咸

栽对植，剃对芟（shān）。二伯对三监。朝臣对国老，职事对官衔。鹿麌麌（yǔ），兔毚毚（chán）。启牍对开缄。绿杨莺睍睆（xiàn huàn），红杏燕呢喃。半篱白酒娱陶令，一枕黄粱度吕岩。九夏炎飙（biāo），长日风亭留客骑；三冬寒冽，漫天雪浪驻征帆。

梧对杞，柏对杉。夏濩（hù）对韶咸。涧瀍（chán）对溱洧（zhěn wěi），巩洛对崤（xiáo）函。藏书洞，避诏岩。脱俗对超凡。贤人羞献媚，正士嫉工谗。霸越谋臣推少伯，佐唐藩将重浑瑊（jiān）。邺下狂生，羯鼓三挝羞锦袄；江州司马，琵琶一曲湿青衫。

袍对笏(hù)，履对衫。匹马对孤帆。琢磨对雕镂，刻划对镌镵（juān chán）。星北拱，日西衔。卮（zhī）漏对鼎馋。江边生桂苦，海外树都咸。但得恢恢存利刃，何须咄咄（duō）达空函。彩凤知音，乐典后夔（kuí）须九奏；金人守口，圣如尼父亦三缄[①]。

① 金人守口，圣如尼父亦三缄：尼父即孔子。三缄，封闭多层。相传孔子入周太庙，见有铸金人，三缄其口，背后有铭文："古之慎言人也。"这句的意思是，圣达如孔子，也要学习金人那样守口如瓶，讲话谨慎。